集中力はいらない

森 博嗣

SB新書

429

まえがき

落ち着きのない子供だった

子供の頃の僕は、沢山の大人たちから「貴方(あなた)は落ち着きがない。あれもこれもではなく、一つのことに集中しなさい」とよく言われた。たしかに落ち着かない子供だった。じっとしていられない。次から次へとやりたいことを思いつき、新しい方へ気が向いてしまう。目の前に差し出されたものに興味を抱けるのは数分のことで、たちまち厭(あ)きてしまう。もうこれは良いから、別のことをしたい。はい、よくわかった、納得した、だいたい理解した、だからほかのことをやらせてほしい、といつも思うのだった。

そんな注意を受けるのは、僕だけではなかったかもしれない。

わりと落ち着いている（ように見える）子供でも、「もっと集中しなさい」と言われているようだったし、また、学校の先生も、この言葉で生徒たちを制御しようとする。部活でもそうだ。練習や試合に集中して臨め、と先生たちはいつも言う。

大人になっても同じだった。誰もかもが、「大事なのは集中することだ」と口を揃える。ＴＶで野球やサッカーを観ていても、解説者は、「ここは集中しなければなりません」と指摘するし、隙をつかれたときには、「集中が切れた」と原因を分析する。

「集中力」という言葉があるが、まるで人間には「ものごとに集中する能力」があるかのように表現されたものだ。具体的にそれがどういう力なのか、今ひとつ僕にはわからない。だが、誰もそれを疑問に思わないみたいだし、それどころか、集中力は非常に良いもの、素晴らしいものであって、集中力があればあるほど有利になり、なにごとも解決するような、魔法みたいな特殊能力として扱われている。

その証拠に、集中することの弊害は、ほとんど論じられない。集中力を発揮しすぎて失敗するような場面はないのだろうか。余計なものに気を取られることは「集中」ではないらしいので、本来注意すべきもの以外に集中することは、きっと含まれないのだろう。ようするに、「集中」というのは、都合の良いものに没頭することらしい。それならば、たしかに必ず都合の良い結果しかもたらさないのかもしれない。

こうした「集中信仰」の基礎には、「失敗するのは注意散漫だったからだ」という考えがあるのだろう。ぼんやりしていたからミスをした。脇見をしていたから事故になった。そんな失敗例を教訓として編み出されたものが、すなわち「集中」なのである。

常々思うところだが、人間というものは必ずミスをする。特に、僕はミスが多い、うっかり者である。一行文章を書けば、一箇所は必ず書き間違える。暗算は速い方だったけれど、計算ミスがつき纏う。人間は生来、機械のように完璧な作業には向いていない。そんなことは、ずっと昔からわかっていたことで、人間が陥りやすいうっかりミスを補うためにさまざまな機器が作られた、と考えた方が良いだろう。

機械化される以前から、数々のシステムが構築されてきた。重要な事項については、複数回チェックしたり、複数人で確認したりする。それでも、まだ絶対とはいえない。確率的にミスが生じることは必然であり、あらゆる機械、あらゆるシステムは、とんでもない失敗や大事故にならないよう安全のためにデザインされてきた。

　そう、機械は滅多に失敗しない。コンピュータも計算ミスをしない。よほどのことがないかぎり、人間のようなうっかりミスをしない。よほどのことが起こるのは、たいてい人間が間違った設定をしたときか、機械の指示に従わなかったときくらいだ。

　そう考えてくると、「集中」とはすなわち、人間に機械のようになれという意味なのだ。集中力というと聞こえは良いけれど、言い換えれば「機械力」が相応しい。人間らしさを捨てて、脇目も振らず、にこりともせず作業をしなさい、ということである。

だらだらも悪くない

　ところで、これまで述べてきた「集中」とは、数ある対象から一つに絞れ、という意味であるが、もう一つ、「集中」には別の意味がある。それは、長い時間をかけてだらだらとやるな、という教えだ。目標を絞って集中すれば、もっと短時間で同じ効果が得られる、ということらしい。

　この「集中」の意味も、実際よくわからないのだが、理解するためには、反対の意味の「だらだら」がどんな状況なのかを考えた方がわかりやすい。これは、やるべきことに目が向いていない、頭が別のことを考えている、ほかの作業（食べるとか、寝るとか、おしゃべりするとか）が同時に行われている、みたいなイメージだろう。

このとき、やるべき作業における効率は下がっているが、実際には、同時にしているその別の作業で成果が挙がっているかもしれない（美味しかった、気持ち良かった、面白かったなど）。だから、そういった成果をひっくるめて評価をすれば、それほど損をしているわけではない、と僕は考える。子供たちも、それにうすうす気づいているから、ちっとも勉強に身が入らないのではないだろうか。

この「集中」は、ある時間内に行うさまざまな行為のうち、今必要とされていないものを排除し、無駄な方面にシェアされていた時間を集めるという意味だ。いろいろやっているから時間がかかるのであって、やることを絞れば、短時間で終わる。たしかに、そのとおりである。

対象を絞る「集中」も時間を絞る「集中」も、同じものかもしれない。一つのことに絞れる力が集中力なのか、それとも、その結果、短時間で成し遂げられるのが集中力なのか、という問題である。

「集中力」を疑う

それはさておき、この本で僕が書こうと思っているのは、実は、このような「集中力」に否定的な考え方である。だから、あえて言えば、「アンチ集中力」みたいなものの効能について語ろうと思う。

「アンチ集中力」という変な言葉を使うのは、少しだけ考えた結果、相応しい言葉がなかったからだ。たとえば、「集中」の反対語は、たぶん「分散」だと思うが、「分散力」と言ってしまうと、なにか無理にものごとを切り刻んで、細かくしてしまうようなイメージになる(個人的には、まあまあ良いのではと感じるのだが)。

そもそも、僕は、「集中力」を全否定するつもりは毛頭ない。それどころか、集中力は大事だと思っている。ただ、説明が難しいのだが、全面的にそれを押し通すのはいかがか、という問題を提起したい。集中力は、みんなが持っている印象ほど素晴らしいものではない、少しずれているのでは、と気づいてもらいたいのだ。

子供のときの僕は、大人が「やりなさい」と言ったことには集中していなかったが、少なくとも、自分がやりたいこと、自分が考えたいことには集中していた。これは、僕の「集中」であるが、一般的なやるべきことへの「集中」ではなかった。また、同じことを長くは続けられないけれど、僕にしてみれば、同じことをずっとしているよりも、沢山のことを少しずつでもやれば、その一つ一つについては集中できるし、しかも効率が良い、ということを感覚的に知っていたのである。何故なら、同じことをじっと長時間やらされると、僕はだらだらとしてしまうからだ。大人が「集中しなさい」というとおりにすると、結果的に「集中できない」状態になってしまうのだ。

この感覚がわかってもらえるだろうか？　案外、多くの人が同じようなことを感じているのではないか、と僕は思う。

たとえば、同じ行為を続けていると、なんとなくつまらなくなる。つまらなくなるのは、頭が疲れてくるからだろう。そこで、「気分」というものを変える。これも不思議な言葉だが、「気分転換」などとも言う。少し休むとか、別のことをする。そうすることでリフレッシュして、また前の作業に戻れるというわけだ。これは、つまり「集中」

が本来「疲れるもの」であることの証明でもある。

僕の場合、人よりもたぶん集中の度合いが強い（あるいは深い）から、人よりも長く続けられない。だから、次から次へと目移りする。その方が、僕の頭には自然なのだ。「集中」は、好奇心が原動力だろうと思われる。面白いから集中する。楽しいから没頭する。子供は素直だから、自分の頭脳が求めるものに集中し、すぐに別のものへ移っていくのである。

そんな子供に対して、大人は、同じことを続けなさい、それが「集中」というものだ、と教えるのだが、実は、もともと子供は本能の赴くままに集中していたのではないか、と僕は思う。僕自身がそうだったから、そう推測するのである。

もちろん、人それぞれの個性があるから、タイプは各自異なっているだろう。ただ、集団行動が重んじられる社会においては、ある程度は強制的に均されてしまう。学校の授業も一時間弱の時間が決められていて、この時間内は少なくとも同じことをするように訓練を受ける。それぞれ違っている個性から平均的に求められた「これくらいなら誰もが集中できるはずだ」的な時間が設定された結果だろう。だが、僕にはそれがとても長く感じられ、そんな長い時間同じことに集中するなんて効率が悪すぎると思ったのだ。子供なのに「効率」とは大袈裟だが、そういった概念をぼんやりと想像していたはずだ、ということ。

問題なのは、平均的な姿勢を強制されて、自分本来のやり方を無理に抑制されている場合である。自分で気づけば直せるけれど、気づかない人も大勢いると思われる。「集中」や「集中力」は求めるべきもの、高めるべきものと信じて疑わない社会的な傾向が既にあって、その理想に向けて鍛錬しなければならない、と教えられる。それに合う人はけっこうだが、僕のようにタイプが合わない人間には、むしろ逆効果になりかねない。

自分に合った生き方をすれば良いだけのことだ、と言ってしまえばそのとおり。だが、言葉でいうほど簡単ではない。なにしろ、自分の本来のタイプが自分でもはっきりとはわからない。子供であればなおさらだ。体重や視力のように測定器で測れるものではないから、本人以外には知りようもない。

たとえば、運動神経のような肉体的なものは、外部から観察が比較的容易であり、客観的な評価も可能だが、集中のし方というのは、肉体的な特質ではなく、いわば頭脳の活動である。それを意識できるのは自分だけであり、たとえ自分自身であっても、簡単に見極められるものではない。

運動に向き不向きがあるように、頭脳の働き方にも向き不向きが当然ある。画一的な教育や指導を受けると、タイプの合わない人は、自分は間違っていると自己批判し、それだけでも多大なストレスを感じるだろう。酷いときには病気になり、不健康な結果を招くにちがいない。

そうならないように、違うタイプの人間がいることを、まず知ってもらいたい。

集中をやめると本来の力が生まれる

そして、それ以上に、むしろ集中しないことで、機械にはできない人間本来の能力を発揮することもできる、という話を本書ではしていきたい。

たまたま、僕は若いときに一人だけで仕事に没頭できる職に就いた。大学の教官（研究者）になったのだ。やらなければならないノルマは少なく、自分一人で何をすれば良いのかを考え、毎日ただ悶々と「考える」という時間を過ごした。一般の職場とは大違いである。

何が一番違うのかというと、仕事が与えられない、という点だ。一見、これは天国のような環境と思われるかもしれない。サボっても、休んでも、誰にも叱られない。好きなことをして過ごせば良い。だが、漠然とした目標はある。考えて、新しい発想を得て、それを実現していく、ということだった。

目の前に問題がない。問題は自分で探し、自分で作らなければならない。そして、その問題を解く。どうすれば良いのかは、誰も教えてくれない。問題の答は世界中のどこにもない。それが本当の「問題」であり、それが研究というものだ。

こういう対象に頭を使う仕事というのは、普通滅多にないだろう。一般に、「集中して頭を使え」と言われている問題は、いわゆる「計算問題」でしかない。この問題を解きなさい、そして、答合わせをしなさい、正しければ合格、というドリルである。計算は、いわば頭脳の運動であり、肉体労働みたいな行為だ。たしかに、集中しなければできないし、速く正しく答を出した者が「優秀」だと評価を受ける。昔は算盤だったし、今はコンピュータに勝てる者は人間にはいないはずである。

一方で、若い研究者の僕がしなければならない「思考」は、そのような「計算」ではない。筋道さえ決まっていないのだから、集中して考え、だんだん正解に近づくような作業ではない。

この辺りというテーマの周辺に思考を集中させる必要はあった。一日中、そのエリアだけをぐるぐると歩き回るように考える。これはなかなか難しい。しかし、慣れてくるとずっと没頭できる。そして、そんな没頭の中から、ふと、「あれ?」と思うような瞬間が現れて、変なことを思いつくのである。これが、「発想」だ。

実は、この「発想」からすべてが始まる。大きな発想は、目の前にある問題を打ち砕き、文字どおりブレークスルーとなる。道は開け、遠くを見通せるようになる。そうなったら、あとは進むだけだ。ここからさきは、労働であり、計算に近い作業になる。

発想が求められる仕事では、発想すること、インスピレーションが成果のほとんどといっても良い。スタート地点にさえつければ、問題さえ明確に提示されれば、あとは前進するだけ、問題を解決するだけなのだ。それは、「労力」や「時間」をかけさえすれば、誰にでもできる簡単な作業、楽で楽しい作業といっても過言ではない。

ここで大事なことは、その「発想」には、いわゆる一つのことしか考えない「集中」が逆効果である、という点である。

むしろ、別のことを考えていたり、あれもこれもと目移りしていたりするときの方が発想しやすいことを、僕は経験的に知った。あえて言葉にすれば、「ヒントはいつも、ちょっと離れたところにある」からだ。一点を集中して見つめていては、その離れたものに気づくことができない。

二十五年ほど勤めた研究職を、僕は四十九歳で辞めた。発想力は、若い人のものだ。新しい頭脳が新しい発想を生む、と信じている。それは、自分の研究も、多くは若いときの発想から始まったものだったからにほかならない。

研究者を辞めて、僕は小説家になった。デビューしたのは、三十八歳のときで、その後十年ほど兼業していたので、正確には、小説家になってすぐ辞めたわけではない。だが、かれこれ二十年以上も作家の仕事を続けていて、既に国内だけでも三百冊以上の本を出した。

作家というのも、また要は「発想」にある。発想がすべてといっても良い。発想さえあれば、あとは文字を書くという労働があるだけである。その意味で、研究者とあまり変わらない。頭の使い方が似ている。

今回、「頭の使い方」や「集中力」について執筆してほしいとの依頼を受けたので、この本を書いている。僕は考えながら書くタイプだが、もちろん、最初に発想が必要だ。その発想のために、依頼から一年ほど考えた。そして、「ああ、これで書けるな」という発想があったのちは、文章は二週間くらいで書き上げた。僕は一日に一時間しか仕事をしないので、つまり十四時間の労働である。

発想を得るのには集中する必要はない。また、作業は短時間だけに集中しているけれど、それを一定期間に分散させるのが、僕のやり方である。

大事なことは、集中に向いているものと、そうでないものがある、という点だ。それについても、本書で詳しく述べていきたい。

集中力はいらない　目次

まえがき

第1章

集中しない力

第2章

「集中できない」仕事の悩みに答える

第3章

「集中しない」と何故良いか

第4章

考える力は「分散」と「発散」から生まれる

第5章

思考にはリラックスが必要である

第6章

「集中できない」感情の悩みに答える

第7章

思考がすなわち人間である

あとがき

第1章

集中しない力

何故、情報が多いと感じるか

この頃、どこでも枕詞のように言われているのは、「情報過多の時代にあって、どのように情報を取捨選択し、また、自分の仕事に集中するためには、どのように気持ちを切り換えていけば良いのか……」といった感じのものだろう。

たしかに、情報過多ではあると思うし、また、いちいちそれらを気にしていたら、単純に時間を取られ、気が散ってしまう、と大勢の人たちが感じているだろうとも容易に想像できる。

しかし、その実情はどうなのか、と周囲を観察してみると、この「情報過多」というのは、案外つまらない情報が大きな割合を占めていることに気づく。たとえば、TVの番組でやっていたこととか、芸能界の誰某が何をしたとか、あるいは、身近の友人たちとのおしゃべりであったりとか。こういった雑多な情報も、もちろん「押し寄せる情報」にはちがいない。かつては、家に帰ってTVや週刊誌を見て初めて知ることだったし、友達と会って話したりした機会にだけ入力されるものだったわけだが、それが、今はいつでもどこでもスマホを見れば飛び込んでくる。これは、情報過多というよりも、情報の端末が身近になっただけのことで、情報そのものが増えたとは一概にいえないような気もする。

もちろん、一定時間内に、より多くの情報を取り入れることは可能になった。これは、情報端末が大衆の身近なアイテムになる以前からのことで、一つのネットワークに世界中が参加し、情報の共有システムが発展したからだ。情報を供給する側も爆発的に増え、あらゆる分野の幅広いジャンルの情報が、同一の端末からアクセスできる仕組みが出来上がったからだ。

僕自身が、インターネットに関して「これは凄いことになったな」と実感したのは二十数年まえのことであり、もう今は昔といえる。つい数年まえから、スマホが普及して、誰でもこのエリアへ手軽にアクセスすることが可能になったわけだが、ここに至って、雑多な情報（多くは宣伝）が雪崩(なだれ)のように押し寄せたため、むしろ情報の平均的な価値は薄まっているし、精度も低下したといえるだろう。はたして、個人から見たとき、有益な情報が増加しているのか怪しくなるほどである。

人々は、この情報の波に呑み込まれ、溺（おぼ）れかかっているのだろうか？

身も蓋（ふた）もない素直な感想を書くが、スマホをいつもチェックするようにと法律で定められたわけではない。つまり、これは「強制」ではない。情報にアクセスするのは、あくまでも個人の自由意思によるものだからだ。それなのに、何故かみんなが、不思議な平等意識に支配されているせいか、あるいは単純な仲間意識の発現なのか、疎外感を恐れるあまり、「せずにはいられない」状況にどっぷりと浸かっている。「強制」ではないものの、立派な「支配」といえる。人々は、ほぼネットの支配下にある。これが、現在の「情報化社会」だ（この言葉自体がだいぶ錆（さび）ついた感があるが）。

気が散ってしまい大事なことに集中できないほど、大量の情報がシャワーのようにあなたに降りかかっている。たしかに、現在の社会は、そんなシャワー室の中にいるようなものかもしれない。水圧のごとく、情報の圧力みたいなものが感じられるだろう。ただ、誰かがあなたに浴びせているのではなく、あなたがシャワーのコックを捻（ひね）った結果なのだ。まず、ここを間違えないでほしい。

情報のシャワーにいかに接するか

さて、そんな情報のシャワー室の中で、しなければならないものに集中するにはどうしたら良いだろうか。答は簡単だ。

二つ方法がある。情報を浴びながらも、それを気にしないか、それとも、どうしても気になるのならシャワーのコックを締めるかだ。このいずれかで解決する。身も蓋もない答だが、これが正論だろう。

もう一点、注意すべきことがある。インターネットはそもそも無料で情報が得られるツールだった。メールも無料で世界中に送れる。各種のサービスが無料で提供され、あっという間に大勢がこれを使うようになった。ところが、気づいてみれば、無料サイトには必ずコマーシャルが表示され、YouTubeなどで動画を見たいと思っても、最初に宣伝を見なければならなくなった。無料とはいえ時間を取られている。タイム・イズ・マネーというが、はっきり言って、時間の方が金よりも価値が高い。つまり、もはや無料ではなくなっていると認識すべきだろう。

ニュースも、無料のものの大部分は宣伝になった。そうは見えない報道でさえ、マスコミが意識的に伝えたい方向へ表現が歪(ゆが)められているから、そういったものまで含めれば、ニュースの大部分が宣伝だと認識しても間違いではない。ここでも、真の報道は雑情報で薄められ、結果的にかつてよりもむしろ手に入りにくくなっていると考えるべきだろう。

というわけで、過剰な情報が押し寄せているといっても、それらの多くは、ゴミのような雑音であり、しかも、無料だからもらっておこうと許容しているために降りかかってくるにすぎない。そこを自覚する必要がある。自分で選んでいる環境だということ。だから、まずそう自覚するだけで、情報に対して今よりも冷静に接することができるはずである。

SNSは一切やらない

僕自身のことを書こう。作家になった二十二年まえに、既に仕事の連絡はすべてメールを使っていた。電話もファックスも使わない（大学に勤務していたため、内線電話は利用）。ところが、作家としてデビューしたとき、出版社の人たちはメールアドレスがなかった。インターネットでHPを持っているところは限られていて、個人ではよほど趣味的な人しかやっていなかった。なにしろ、まず自宅にパソコンが必要だし、電話機にモデムを付けてアクセスしなければならなかったからだ（当然、光ファイバなどというものは普及していない）。

その後、インターネットは順調に発展し、しだいに一般大衆が参加するようになる。ブログというシステムが作られ、htmlで記述しなくても個人のホームページが作れ、個人的な発信が手軽になった。おそらく、この頃が、インターネットの「質」のピークだっただろう。今世紀の初頭の話である。その後、もっと大勢をここに集めたいという企業的な力が働き、「いいね」のようにただクリックして反応するだけで「参加」気分が味わえ、「つながっている」感が得られるようになった。SNSが登場し、Twitterや LINE も普及することになる。便利になっているように見えるのだが、単に、一本の指で反応しやすくなっただけのことで、新しい機能が加わったということでもない。メールとウェブサイトのブラウジングから、ほとんど進歩がないといえる。

これらの「反応の連鎖」だけが積み重なって、情報は爆発的に増加した。検索エンジンも、（AIで改善されているらしいが）目当ての情報を見つけにくくなっている。はっきりいって、不便になっていると感じる。そう感じ始めたのが十年ほどまえのことだった。

僕は、SNSは、大衆の感情的な情報ばかりを集めるだろう、と考えたので、そこから離れることにした。したがって、十年ほどまえの萌芽期に一部を齧ってみただけで、その後、TwitterもLINEもFacebookも一切やらないことに決めた。iPhoneが日本で発売になったとき、まっさきに購入して、今は四台めであるが、最近はスマホを持ち歩かないし、一週間に一度くらいしかモニタを見ていない。主に、模型関係の制御アプリを使う程度だし、電話もメッセージも家族との連絡に使っているだけだ。手放さないのは、災害などがあったときの備えのためである。

さらに、そのまえの二十年ほど、つまり、大学生になってから、就職と結婚をし、研究者として働きつつ、途中でバイトのつもりで小説を書き始めた頃までだが、僕はTVを一切見なかったし、新聞も読まなかった。僕の研究にも、僕の趣味にも、それらは関係がなかったからだ。情報は足りているし、また面白い話題も特に不足していなかった。重大なニュースがあれば、周囲の誰かが教えてくれるし、ネットが普及してからは、そちらで確かめれば良かった。

何故、TVや新聞を見なかったのかといえば、自分の時間が大事だったからだ。そういったものに時間を取られることが惜しかった。これは、小説を書き始めてもしばらく続いた。大学を辞め、小説の仕事量も意図的に減らして、暇な人間になった十年ほどまえから、世間の話題をときどきネットで眺めている。有用な情報が得られると思って見ているのではない。単なる暇潰しだ。

閃（ひらめ）きが生まれる環境とは？

研究者になった初期の頃は、一日に十六時間働いた。休日も祝日も、盆も正月もなく働いた。とにかく、考えることはいくらでもあるし、ノルマがないから、ここまでやれば終わりというワークではない。やってもやってもきりがない仕事なのだ。

まさに没頭していたと思う。たとえば、食事をし忘れることなど日常茶飯事で、帰宅して弁当を食べていないことに気づいたことも何度かあった。ある問題を見つけて、それについて考える。どうして、どうして、と問い続けるのである。あらゆる関連のものを調べたうえで、この純粋な思考作業のレベルに至る。目はなにかを見ているのではなく、手も動いていない。白紙の紙にエンピツで、わけのわからない図を描いたり、式を書いたりすることもあるが、出力しているのではなく、頭の中でただ考えている。これは、「計算」ではない。一直線の道を進んでいる感覚はまるでなく、頭の中を彷徨っている、ぐるぐると回っている感じである。

こういった思考を、五時間も続けたら、本当に疲れるが、たとえ時間をかけても、それに比例して成果が出るわけではない。出ないときはまったくの徒労である。逆に思いつくときは一瞬だ。

なにかが閃いたら、それを逃さないように、ますます集中して、闇の中へ沈んでいく。息を止め、慎重にそれを掴み取ろうとする。というのは、思いついた瞬間というのは、なにかぼんやりとした「幻影」みたいなものがちらりと頭を過っただけで、言葉でもないし、まして図でも式でもない、なにか関係がありそうな、なにか価値がありそうな、なにか新しそうな、そんな「予感」みたいなものしかない。

多くの場合、息を止めてそれを掴んだとしても、単なる勘違いであったり、いけると思って、実際に検証あるいは計算をしてみた結果、初めて駄目だ、とわかるものもある。なかなか使える閃きというものには出会えない。

こういった経験を積み重ねてくると、どんなときに発想が生まれやすいのかが、だんだんわかってくる。ただし、これは一般論ではない。僕の頭の傾向でしかないだろう。まず、あまり緊張しないこと。少し力を抜いた方が良い。緊張というのは、ある方向に対しての緊張ならば、別の方向ではリラックスしているわけで、結果的に、今直面している問題ではない方向のことを発想する場合が多い。たとえば、試験の前日に、その科目について一所懸命になっているときに、ふとまったく別のことで面白いアイデアが浮かんだりする、そんな経験はないだろうか。

だからといって、わざと別のことを考えたり、思いっきりリラックスして（たとえば、温泉旅行にいくとか、趣味のものに没頭するとかして）も都合良く思いつくものではない。何を着想するかは、まったく不確定で予測できない。

ただし、ある程度、その方面で考え、思考を巡らせておくプロセスが必要で、なにもしないで、突然有用な発想が出てくることはない。だいいち、その方面で考えたことがなかったら、その発想自体の価値に気づかないだろう。たとえ思いついても、まちがいなく見逃すことになる。それくらい、出てくるものは一瞬の幻みたいなものだから、それらしいものだと気づけるほど、事前に考え尽くしていなければならない。

発想は集中からは生まれない

僕の場合、研究上の大きな発想というのは、四回くらいあった。五年に一度くらいである。大きな発想があると、それで五年は食える、と言っても良い。

そして、あとになってから振り返ってみると、とにかく、その問題が解けなくて、あれを試しても失敗、これを試しても駄目という期間を過ごしたあと、たまたま別のことを始めたり、あるいは国際会議があって、ついでに見学や観光をして戻ってきたあとなどに思いついているのだ。

また小さな発想であれば、数週間考えてもらちが明かない仕事を中断し、学会の委員会に出張するために電車に乗ると、車窓を眺めている間に思いついたりする。

要素は二つある。一つは、そのことにまず集中している期間が事前にあったこと。もう一つは、そればかりを考えてしまう時間を過ごすことである。もう一つは、外的な要因で、一時的にそれから気を逸らさなければならない事態になることだ。

どういうメカニズムでこうなるのかは、脳科学が専門ではないのでわからない。しかし、一つだけ言えることがあるとしたら、発想は、集中している時間には生まれないということである。

事前にそればかり考えていた期間がある、といっても、これは、ずっと一点に集中しているわけではない。最初のうちはたしかに焦点が絞られ、集中している思考といえるものの、問題が解けない（つまりその一本道では前に進めなくなる）ため、別の道はないか、ほかに手はないのか、なにか使えそうなものはないか、同じような傾向がどこかにないか、とだんだん思考が発散していく。そういった「きょろきょろ辺りを見回す」思考を長時間続けたあと、突然、なにも考えない空白の場に置かれたときに、発想は生まれる。格好良い言葉にすれば、「無の境地」のようなものか。あれもこれもと、頭の中が騒がしくなったあと、急に静寂が訪れたとき、ぽっかりと浮かび上がるのである。
このような経験をたびたびすると、一点を見つめるような集中はかえって逆効果であり、常に辺りを見回すような「分散思考」の有用さがわかってくる。そして、発想を求めるような作業に身を置いていると、しだいに、そういったタイプの頭になる。これが、僕がこれまでに体験したことだ。

情報は鵜呑みにしない

それはどんな頭（あるいは思考法）なのか、といえば、ものごとにのめり込まない、あるものを見ていても常に別の視点から見ようとする、同時に逆の立場から考える、自分の抱いた感情や自分の意見に対して、すぐに反論を試みる、常識的なもの、普通のものを疑ってかかる、などなど、まとめれば、多視点、反集中、非常識、もっと言えば、「天の邪鬼な頭」ということになる。

大事なことは、まずは観察すること。この観察したものは素直に捉える。自分の目で見たもの、自分が実際に試したものは、見間違いや勘違いがないかぎり正しい。しかし、それを自分の頭にどう入れるのか、という部分では注意が必要で、絶対に鵜呑みにしない、ということだ。

たとえば、ネットで頻繁に宣伝が出てくると、普通の人は「今これが流行っているのだな」と思うだろう。それが普通の受け止め方であり、宣伝する方もみんなにそう感じてほしいから金を使って広告を打っている。この場合、「この宣伝が近頃多いな」というのが正しい認識である。しかし、「流行っている」という印象はあまりにも「鵜呑み」にしすぎる捉え方だ。僕は、宣伝を見かけるたびに、「売れていないんだな」と自然に思う。売れていないから宣伝をしているのだ、と。

今話題の商品も、女性に人気の商品も、さほど話題でも人気でもないのだろう、と僕は解釈する。たしかにその宣伝で一時的に人が集まっても、すぐに消えていくものだろう。そんな心配があるから、宣伝費をかけているのだ。

ニュースを見ていると、ブームというものがあって、苛(いじ)めの問題、介護の問題、教育の問題、医療の問題など、一時的に話題になってピックアップされるものが現れる。しかし、本当にそんな事態になっているのかどうかはわからない。少年の犯罪が増えているとか、老人の自動車事故が増えているとか、オスプレィは欠陥機だとか、それらしく伝えられているけれど、公表されている数字を見ると、そんな現象は見当たらない。となると、誰かがなにかの意図で、そういった情報を流し、その関連で自分の商売や自分が関わる組織の運営をやりやすくしようとしている、と考えるのが妥当だろう。

情報の多くは、伝聞であって、自分で事実を確かめたわけではないから、複数の情報源に当たって、そこに挙げられている数字を比べてみるのが一番無難である。言葉は意図的に歪められているので当てにしてはいけない。その点、数字は間違ったものを発表しにくいし、周囲の数字との整合性から、局所的な嘘がすぐにばれてしまう。だから、ある程度の信頼性を持っていると見て良い。

言葉というのはデジタルだが、数字は細かく刻むことが可能だからアナログに近い。かつては、晴れか曇りか雨かという予報だったものが、今はパーセンテージで示されるようになった。その方が自然現象を表現しやすいからだ。しかし、「晴れなのか曇りなのか、はっきりしてほしい」と苛立つ人もきっといるにちがいない。この種のデジタル人間は、理系よりも文系の人に多いだろう。そんなことで苛立つなんて、と思われるたもしれないが、「絶対に安全といえるのですか？」と詰め寄るのも、同じ頭といえる。ちょっと、話が逸れるけれど、個人の責任を追及したいので、そういった問答になるのだろうが、一人の人間が「安全だ」と言ったところで、実際の安全性が高まるわけではない。「原発についてどう思いますか？」ときかれることが多いけれど、僕がどう思おうと、原発の安全性には影響しない。

いずれにしても、雑多な情報の中から何を選ぶのか、という問題ではなく、その情報をどう加工して自分の頭に入れるのか、というところが肝心だと思う。

どう加工するのかとは、つまり自分が持っている知識や理屈と照らし合わせて、フィルタリングしたり、あるいは推測を行ったりする、ということであって、まずは、自分の知識と理屈を持っている必要がある。そして、この知識と理屈は、そうやって加工された入力によって築かれていくのだから、短時間に出来上がるものではない。

「では、どうすれば良いか？」への答

これまでにも、僕は、思考法やものごとの捉え方をテーマにして何度もエッセィに書いてきたのだが、読者の方からいただくメールで最も多いのは、「先生の指摘は私の現状にぴったり一致しているとわかりました。では、これを改善するためには、具体的にどうすれば良いでしょうか？　是非そこをご教授いただきたい」というものだ。

陥りがちな思い込みの悪いパターンを指摘する文章を書くことが多いのだが、文章では抽象的な表現になるし、また、では具体的にどんな対策を打てば良いのか、ということを僕は滅多に書かない。

本書でもそれは同様である。「情報を加工して頭に入れるって、具体的にどんなことなのか」「どんな訓練をすれば良いのか」と多くの方は疑問を抱くだろう。もちろん、そうやって自身の状態を自覚し、問題だと気づくだけでも頭が柔軟である証拠であるし、前向きな姿勢も立派であり、良いスタート地点に立たれていると思われる。

でも、スタートをするのはあなた自身なのである。あなた自身の頭を変えていくには、あなたが考えるしかない。焦らず、時間をかけて、少しずつ考えることを繰り返

す。そういう時間の蓄積で、だんだん考えられる頭になり、視点も変わってくるということなのだ。

この頃は、なんでも、「はい、これだけで解決します」というコマーシャルが出回っている。疲れやすい人はこれを飲めばたちまち元気になる。これを使えば仕事が面白いように進む。たった三つのことを変えるだけですべてが上手くいく。そんなキャッチフレーズが、それこそゴミのように溢れ返っているのが、どうやら情報化社会というものらしい。

「こんなに儲かります」という宣伝が好例だろう。そんなに儲かるなら、どうして人にすすめないで自分で儲けないのか、というくらいの理屈は、大部分の方がお持ちと思う。しかし、それに似たものは、「一生涯保障」「老後の安心」「夢を実現させるために」などの、魅力的な言葉に隠れている。明らかな事実は、金を出すのはあなたであって、相手があなたに差し出すのは、（相手にとって）その金額よりも低い価値のものである、という事実である。それが、あらゆる商売、あらゆる仕事の基本だ。その道理をあなたが持ってさえいれば、忘れずに思い出しさえすれば、大きく騙されることはない。

それでも、人は騙される。騙される人は、そのときある一点に気持ちが集中してしまい、周りが見えなくなっているからだ。これは、突発的なことが発生したときなどに冷静ではいられないのと同じで、誰にでもある傾向なので、充分に注意をした方が賢明である。

目の前に欲しいものがあると衝動買いしてしまう、というのもこれである。欲しいものに気持ちが集中してしまう。詐欺(さぎ)に遭ったりするのも、一時的なパニックになっている場合が多い。大変だ、と思って頭に血が上ってしまうから、考えられなくなりやすい。的確な判断には、冷静さが必要である。この冷静さも、集中しすぎないこと、と言い換えることができ、いわば、頭の「分散力」に近い能力ではないかと思われる。

「冷静」とは何か?

「冷静」について、もう少し分析すれば、その基本となるものは、客観性と理論性である。ものごとを主観的に見てばかりでは、周囲の状況認識が甘くなり、目の前の問題の本質的な理解を誤ることになる。結果的に解決が遅くなるだろう。また、理論的であることは、まずは感情論を排除する効果がある。理論に従おうとすることで、自分の感情的な高まりを抑えることができる。

かっとしやすい性格があるように、冷静であるのも持って生まれた性格だ、と多くの方は捉えているようだが、実際にはそうではない。冷静さというのは、用意周到な予測によって生まれるものであり、つまり、トラブルを想定し、万が一のときにはどんな手を打つか、という対策を事前に練ってあるからこそ、狼狽（ろうばい）せずにすむ、というだけである。逆に言えば、かっとなって頭に血が上りやすい人ほど、自分の弱点を知って、それをカバーするため、あらかじめ考えるようになるから、むしろ冷静な人間に見える場合が多いだろう。

ところで、最近のネットでは、なんでもすぐに「炎上」する。まるで、日本人がみんな短気になったみたいにも思えるが、どうなのだろうか。

あれは、かっとなっているのではない。むしろ、冷静に怒っている、という意見もある。たしかに、自分の立場で怒っている人よりも、「この発言で傷つく人がいることを認識して下さい」みたいな怒り方が多い。自分は冷静だとしながら、私は正しい、これは正義である、という理屈を振り翳す。しかし、結局は、大勢の共感を得たい、みんなで怒りたい、という心理が窺われる。つまり、火をつける人は、小さな火をつけるだけであり、それが大きく燃え上がる光景を想像している。そうすることで、みんなが一つになれた、と感じられる。そんな妄想だろう。

はっきり言って、どうでも良いことだ、と僕は思う。もし明らかな間違いを指摘したいなら、大衆にではなく、当事者に直接提言すれば良い。なにも恥をかかせる必要はない。それが本当の正義である。それくらいの奥床しさは、あっても良いのではないか。周りの人と一緒になって非難をしなくても、それで解決する問題なのでは、と思うものがほとんどである。

炎上させたい心理もまた、「集中したい症候群」のようなものに見えてしまう。大勢が一つのことに集中することが、連帯感を抱かせるのだろうが、それ自体が倒錯だ。

人と違うことを考えるタイプの人には、おそらく興味のない現象だろう。このタイプの人間は、たとえ炎上してもダメージを受けない。僕自身、まったく関心がない。ただ、素直に正直に発言する人間なので、そういった場に出ていけば、たちまち炎上となり、非難の的になる可能性が高い。だから早々に身を引いたのである。炎上しても気にならないが、でも、面倒は時間の無駄だからだ。

空気を読む人の心理

そもそも、ものごとを天の邪鬼に捉え、客観的な思考をしている人は、自分以外の視点を必ず持っている。自分は大勢とは意見が違う、と認識している人は、多数派ではないものの見方を知っているわけだから、人それぞれさまざまな捉え方があり、ちょっとした物言いが、どんなふうに誤解されるのかも充分に理解しているだろう。

思考が集中しないから、多視点な価値観を持っている。つまり、自分が少数派であれば、自分以外のグループを理解でき、立場の違う人間を尊重する気持ちが自然に芽生えるはずなのだ。これが、多数派が見逃している大事な点である。

常識というものが、そもそも多数派の価値観にすぎない、ということがある。少数派の人は、多少非常識な行いを目撃しても、あの人はなにか事情があるのだろう、きっとちょっとした勘違いだろう、悪気があってやったことではない、と柔軟な解釈をする。

非常識だというだけで、目くじらを立てて排斥しようとは思わない。それよりも、他者の存在を基本的に尊重しようというマナーが優先されるはずである。

空気を読むことで多数派に入ろうと必死になっている人たちは、多数派であることに価値があると信じているから、少し外れた位置にある他者を非難する。非難することで、自分が多数派だと確認できるからだ。意見の違う者は、仲間ではない。あるときは敵として扱う。そんなふうに考えるのは異常だ、と排斥する。

一方、自分の意見が多数とは違うと認識している少数派の人間は、意見が違っても敵だとは考えない。意見が違うことが自然であり、違うからこそ議論ができる、と考える。違う意見をぶつけることで、もっと良い結果になると知っている。議論をするのは、意見は違っても相手を尊重するという姿勢を持っているからだ。多数派は、自分の意見に反対されると、それはもう喧嘩だ、と捉えがちだし、なんとか相手を説得しようとするだろう。少数派は、反対することは、協力の一種だと考えているし、説得は難しいけれど、お互いに歩み寄ろうとする。

そもそも、意見は個人でさまざまであったはずだ。多数派が生まれるのは、ただ数を集めて力を得たい、という心理が働くためであり、だいたい同じ意見だとか、あるいは意見などないけれど一緒になりたいとか、そんなふうにして集まっている場合がほとんどであり、利害関係がずれてくると、たちまち分裂することになる。無理に集中しているから、歪(ひず)みが出てくるということだろう。

これは、おそらく個人の頭の中でも同じだ。自分の思考を一つにまとめようとする傾向が人間にはある。実際には、どちらともいえないような評価をしていても、立場を決めなければいけないという強迫観念みたいな心理が働くためだ。どちらかに決めてしまいたいのは、以後その問題を考えたくない、という怠け心からでもある。

けれども、今すぐどちらかを選んで行動しなければならない場合を除けば、常に両方の意見を持ったまま、裁決をせず保留する方が良い。賛成も反対も、自身の中にいずれもある。とりあえず、今は六対四で、こちらかな、という程度の自覚で充分だろう。そうして、新しい情報が入ってくれば、そのつど柔軟に意見を修正する。一度決めたら、もうずっとそのまま、という頑固な石頭は、老化といわれてもしかたがないだろう。相手の意見を聞くときも、自分の意見を誇示せず、常に影響を受けようと積極的に耳を傾けることが重要であり、こうでなければ、他者に学ぶこともできないし、議論というものの価値もなくなってしまう。

集中とは「機械のように働く」こと

さて、本章では、「集中」というものが、絶対的な善ではない、むしろ、気ままに分散する思考こそが、人間だけに可能な「発想」の原動力となる、と述べてきたつもりだ。多少散文的な内容になり、それこそ集中しない発散した話題が展開したと思う。このように、一直線に論証するのではなく、あちらこちらに話題が飛び、関連するものをそのつど取り上げることを拒まない自由な思考が、機械にはできない人間的な、そして創造的な生産行為なのではないだろうか、と言い訳しておこう。

蛇足かもしれないが、大学で講義をするとき、無駄話を挟まず、理路整然とした話をしても、学生は皆眠ってしまう。集中できないのが、人間の本性なのだ。こういった道草も、また分散思考の賜物（たまもの）といえるだろう。

今後、機械化がさらに進み、ＡＩが人間に代わって多くの仕事をこなすようになる。仕事がなくなると危惧する声も多いが、仕事なんてなくなれば良いのではないか、と僕は考えている。機械に任せられるなら、任せれば良い。人間は今よりも自由になる。自由になったら、無駄な道草をして楽しめば良い。

これまで、社会が人間に「集中しなさい」と要求したのは、結局は、機械のように働きなさいという意味だったのだから、そろそろその要求自体が意味を失っている時代に差し掛かっているということである。

第2章

「集中できない」仕事の悩みに答える

集中は善ではない

　前章では、近年の情報化社会の大まかな傾向と、その中で個人が生きていくうえで、どんな対処をすれば良いのか、という話をしたつもりだが、少なからず抽象的な理念に終始したと思われる。そこで、本章では、もう少し具体的な話題を取り上げたい。ただし、具体的とは、つまりは個々の例に絞ることだから、どうしても特殊な条件にならざるをえない。僕が語れるのは、僕のやり方についてであり、これが一般的に広く通じるノウハウではないことは明らかだ。それでも、具体例からエッセンスを取り出すことは可能であり、これを読まれた方それぞれが、自分の環境や自分の個性に合わせて「応用」してもらえれば、と考える。

「具体的にどうすれば良いでしょうか?」という質問に対する答は、結局そういう返答にならざるをえない。僕は、あなたの特質も環境も、これまでの履歴も知らない。たとえ知っていたとしても、考え方も知識も違うのだから、ずばりこうしなさい、とは答えようがないのだ。自分の問題を解決するのは自分であり、自分で考えた方法は、その後も自身の拠り所となる。問題を解決することで、考え方も変わってくるし、確実にその後の道を歩きやすくするだろう。人間は、誰でもそうやってステップアップする。遅いか早いかの違いがあるだけである。

ここでは、まず、本書を企画した編集者から受けたメール・インタビューを取り上げよう。これは、「作家の集中力」あるいは「作家の脳の使い方」といったテーマで受けたもので、森博嗣のやり方を引き出そうとしたものだ。当然ながら、「集中」は善である、という立場にたち、集中するためにはどうすれば良いかを尋ねている。森博嗣が集中力を持っていると勘違いされたわけだが、これが多くの方の認識に近いといえるだろう。

本書を執筆する切っ掛けとなったものであり、本書以外に収録するのは、無駄遣いになる。参考になればと思い掲載する。

作家の頭の中とは？

Q『ここ十年で情報量は、五百倍になったとの報告があります。さらにＳＮＳで常につながるなど、私たちは情報過多の時代を生きています。そんななか、「目の前のことに集中できない」「時間がない」という悩みが増えてきています。こうした悩みに対して、作家の集中力や情報とのつき合い方が、読者のヒントになるのではないかと考えました。現代における、最高のアウトプットのし方をお教えいただけますでしょうか』

森『作家といっても、いろいろなタイプがあります。僕の場合、書いているのは、小説とエッセイですが、小説は、もう完全に虚構の世界というか、ただ頭に浮かんだものを書き留めるだけの仕事だと認識しています。これは、人によってさまざまだとは思いますけれど、僕についていえば、実際の社会とはほとんど無関係です。だから、あまり情報化社会どうこうといったことは意識していないし、僕の創作には影響を及ぼしません。ただ、出版というビジネスは、作品を商品として社会に流通させることですから、その段階では、実社会と深く関わります。今がどんな時代なのかを見極めているかどうかは、ビジネスとしてとても重要です。

それから、本書もそうですが、エッセイについては、比較的実社会に寄り添った指向になります。同じ時代の同じ社会に生きている人たちに向けて書き、なんらかの共感を得られなければ、読み続けられないもの、すなわち売れない商品になってしまいますから、今の社会をどう捉えて、何が問題で、個人はどうすれば良いのか、と考える必要があります。その考えた結果が、他者の生活のヒントになることが、ある種、使命であるともいえます。たとえ、単に微笑ましいとか、しんみりさせる、とか、そんな効果であってもです。

作家の仕事で最も重要なことは、「着眼」と「発想」です。つまり、どこに注目するのか、そしてそこから何を思いつくのか、ということ。これらは、どうすればできるかといえば、とにかく、あらゆるものに目を向ける、きょろきょろと見回していること、そして、なにものにも拘らず、自由に素直に考えること、の二点だと思います。その意味では、作家に必要なものは「集中力」ではなく、むしろその逆の能力ではないかと思います』

Q『では、具体的にお伺いします。単刀直入におききしますが、そもそも、高い質で本を出し続けるコツは、どこにあるのでしょうか？』」

森『高い質かどうかは、平均的な質がどの程度か知らないので、自分では評価したことがありませんが、できる範囲で誠意を尽くして書いてはいます。また、出し続けるコツというのも、僕には特にありません。仕事として書いているわけで、自分から書きたいと欲することもなく、ただ執筆依頼が来るので、そのうちから順番に、自分のできる内容のものを選び、時間が許す範囲で引き受けているだけです。ですから、出し続けられる理由は、一言でいえば、依頼が次々来るからですね。

では、依頼がどうして来るのか、ということになります。これは、これまでに出したものが、それなりに商品価値を持っていたから、簡単に言えば、売れたからです。僕は、自分が書きたいものを書いたことはなく、最初から、売れるだろうと予想されるものを書き、その後も、読者の反応や、出した本の売行きなどの分析から、求められるものが何かを考えて、少しずつ内容というか、書き方をシフトさせています。

僕は、自分の書くものに絶対的な自信など、これっぽっちも持っていません。そもそも自分は小説を読まないし、さほど好きでもないのです。ただ、ニーズがあって、それに応えて商品を作っているというだけです。

世の中の多くの商売が、まったく同じだと思います。でも、多くの作り手は、自分の商品は良いものだと信じきって、売れないのは宣伝が足りないからだと考えているみたいです。それは明らかな勘違いでしょう。今の時代、求められる商品を出せば、必ずある程度は売れます。さほど宣伝などしなくても、情報が速く広く伝わる社会が実現しているからです』

Q『森先生は、非常に速筆で、短時間で作品を書き上げられるそうですが、どのようにして集中するのでしょうか？　普通の人は、一つのことが長続きしないという悩みを抱えています。先生は、そういったことはないのでしょうか？』

森『身も蓋もない答になりますが、難しかったら、無理にやり遂げなくても良いのではないでしょうか。その方法が自分に合わないから、難しいと感じるわけで、もっと簡単にできる方法を探すべきです。もちろん、多少の困難さはどんなものにもあります。抵抗がなかったら、やり甲斐もありませんし、そもそもやる意味もないでしょう。

僕は、たしかにワープロで文字を書くスピードは速い方かもしれません。それは、単にキャリアです。二十代からキーボードを打つのが仕事でしたので、たまたまそれに慣れていただけです。たとえば、暗証番号なんかも、指が覚えているので、数字としてすぐに頭から出てきません。もっとも、速いとか遅いといっても、大きな差があるわけではなく、足が速い人もいれば遅い人もいるように、せいぜい大きくても二倍とか三倍の差で、気にするほどではないと思います。遅かったら、それだけ時間を使えば良いだけのことで、試験のように制限時間があるわけではありません。

僕は、集中して執筆できるのはだいたい十分間くらいですね。十分間で千文字ほど打てますが、そこでもう疲れるし、厭きてしまうので、ひとまず別のことをします。たいてい、工作をしにいくとか、庭に出るとか、犬と遊ぶとか、あるいは、ネットでどこか面白そうなサイトを探すとかです。それで、その別のことをしている間は、今まで書いていた文章の内容をすっかり忘れていて、考えもしません。

そういった別の作業が、五分間だったり、幾つか回って二時間だったりするわけですが、またパソコンの前に戻ってきて、そこにある文字を見て、今の仕事を思い出すわけです。それで、また十分間くらい集中して指を動かします。

森博嗣は、一時間に六千文字書けるというのは、一時間ぶっ続けで書けるという意味ではなく、十分間に千文字書けるのを、時速に換算した数字だということです。一時間も書き続けることは、無理ですね。疲れます。

疲れるというよりは、厭きるが近いかもしれません。集中できなくなる。目も指も疲れますが、それらはさほどでもなくて、厭きるというのは、つまり頭が疲れるということなのです。だから、集中していた対象から一旦離れ、つまりすっかり忘れて、別のことをします。それで、戻ってきたらリフレッシュしているから、いきなりトップスピードでまた書きだせるというわけです。

これは、文章の執筆に限りません。僕の趣味は工作ですが、工作も、一つの工程はせいぜい三十分間くらいが限度で、厭きてしまいます。だから、それはそのままやりっぱなしにして、別の作業に移ります。できるだけ違う作業の方が良いですね。金属加工をしていたら、次はペンキ塗りをする、次は庭に出てスコップで土を掘る、そんな感じです。そうやって、沢山の作業を少しずつ並列して進めるのが僕のやり方。つまり、マルチタスクなのです。一つのことに集中していられない人間が、いちおう人並みに仕事ができるのは、このように自分に合った方法で進めているからだと思います。

ですから、「よく厭きずに一つのことが続けられますね」と言われても、困ります。僕ほど厭き性で、一つのことを続けられない、集中力が持続しない人間も珍しいのではないか、と自覚しています』

仕事に没入するスイッチはあるか

Q『執筆に入ったら、たちまち書き始められる、というのは凄いと思います。俗にいう「ゾーンに入る」ということはあるのでしょうか？　没入するスイッチの入れ方はありますか？』

森『そうですね、まず、音楽を聴きますね、iPodで。普段、音楽を聴くときは、真空管アンプで大きなスピーカをがんがん鳴らしますが、それは音楽を楽しむときのことです。そうではなく、執筆のときは、iPodとイヤフォンで決まった曲を聴きます。LPが十枚くらい入っているのですが、いつもそれです。順番も同じですから、なんというのか、耳栓と大して変わりがありません。

それを聴き始めたら、いきなり書きだします。まるで、条件反射のパブロフの犬みたいなものですね。習慣にしてしまったわけです。そして、十分間は、それ以外のことは考えませんから、たぶん集中できていると思います』

Q『では、執筆の「ルーチン」はありますか？』

森『決まったものは、これといってありません。時間的にいつとも決めていません。朝から書くこともあるし、夜書くこともあります。執筆の十分間が、ばらばらに、あちらこちらの時間帯に飛び飛びにあるわけで、一日の全体に散らばっているときもあれば、出かけたりして、明るいうちに書けなかったときは、夜に、同じくばらばらに時間を取って書きます。

いずれにしても、毎日書きます。コンピュータのカレンダに、毎日何文字書くと記入して予定を決め、そのとおりに書きます。だいたい前倒しになりますが、決めた予定より遅れたことは一度もありません。親が死んで葬式の喪主（もしゅ）をしなければならないとか、そんな事態に突然陥っても、予定を厳守しました。逆にいうと、それくらいゆるい予定を組むわけです。よほどのことがあっても、果たせるノルマを決めるということです』

Q『取り組む時間帯を決めていないのは、何故でしょうか？』

森『さあ、何故でしょうね。というか、どうして決めるのですか？　僕は、朝起きる時間、食事の時間、風呂に入る時間、寝る時間、などは毎日同じです。休日でも例外はありません。それに比べると、一日のどこで仕事をするのかは、かなりばらついていますね。あまり楽しい仕事ではないから、ということかもしれません』

Q『楽しくないのですか？』

森『楽しくはありませんね。できることなら、ずっと工作をして遊んでいたいところですが、仕事をしないと、なんか家族に申し訳ないというか、そんな後ろめたさがあるから、嫌々やっているのだと思います。

嫌々やっているから、コンスタントにできるわけです。楽しかったら、もっとのめり込んでしまい、もっと時間を使って集中しすぎてしまうでしょう。そうなると、きっと上手くいかないことが出てくると思います。いらいらするでしょうし、躰を壊すかもしれないし、また、やりすぎて厭きてしまって、もっと嫌になるかもしれませんね』

やる気はコントロールしない

Q『多くの人は慢性的な疲れを感じていて、ものごとが続けられなかったりします。なにもやる気がしない、ということもあるでしょう。疲労を取るために心がけることはありますか？』

森『それが僕ですよ。頭が疲れて、やる気がしないから、十分間で離脱しているのです。疲労を取るために、ほかのことをしているのです。しかし、会社に勤めていたり、大勢で一緒に作業をするような職場では、自分だけ勝手なことはできませんから、僕みたいな怠け者には向かないわけです。それがよくわかっていましたから、早めにそういう仕事から身を引いたのです。

大学に勤めていたときには、研究は好き勝手にできるから良いのですが、やはり、会議などが沢山あって、毎日肩凝りとか頭痛とかがありましたが、今はどちらもまったくありません。ストレスが溜まらない生活をしているからだと思います』

Q『休む・リラックスを意識的に取り入れているわけですね』

森『僕は子供の頃から躰が弱く、人並みにできないことが多かったのです。したがって、なんとか騙し騙し自分の躰を使う方法を覚えたわけです。たとえば、徹夜なんかもう四十年近く一度もしていません。根を詰めることもないし、絶対にオーバワークをしません。それによる損失の方が大きくて、トータルとして効率が悪いからです』

Q『では、やる気のコントロールは意識的にされていますか？』

森『そんなに気合いを入れるほどのことでもなく、毎日の習慣にしている、というだけです。やる気なんてものは、やり始めれば自然に出てくる、つまりエンジンがかかってくるものではないでしょうか。どうしても、前向きになれない、仕事や勉強が好きになれない、と言う人がいますが、後ろ向きのまま、嫌いなままやれば良いだけです。やらないと困ったことになることならばですよ。そうでないなら、やらなければ良い。

やるやらないを、好きか嫌いかという問題にわざわざ置き換えなくても良いのです。どうして好きになろうとするのかの方が、僕には不思議です。自分を騙す必要はないのでは。

この頃、子供に対して、楽しく勉強ができるとか、算数が好きになる教育とか、そんな子供騙しみたいなことをしようとしますが、楽しくない子や好きになれないと感じてしまった正直な子は、それができなくなってしまうのではないでしょうか。仕事も楽しさを求めようとしすぎるから、ちょっと辛いことがあると、これは私の望んでいた職場ではない、と悩んでしまう。勉強も仕事も、遊びみたいに楽しいわけがない。苦しいのが当たり前でしょう。人間は、苦しいことでも、将来の利益のために行動ができる、ということをもう一度認識した方が良いと思います。

ですから、僕の場合は、まったくそういった「やる気」みたいなものを持っていませんので、コントロールするもなにもない。仕事をする動機というのは、賃金が得られるからですし、そうして得たお金で自分の好きなことができる、自由が手に入る、ということなのです。その原則が、すべてだとは言いませんが、大部分であることは確かです。

ただ、嫌々やる仕事とはいえ、その中に、小さな楽しみを見つけることはできます。そういった小手先の技は、たしかにあります。おそらく、そんな細かなものを「仕事の楽しみ」「仕事のやり甲斐」みたいに捉えているのでしょう』

「監督者」というもう一人の自分

Q『森先生の場合、仕事の取っかかりはどのように決めているのでしょうか？　多くの人は、なかなかすぐに取りかかれずにいます』

森『仕事でも、趣味の活動でも同じですが、プロジェクトの一番の山場というのは、それをスタートさせるときにあります。始めることが一番難しい。ものを動かすときも、最初に大きな力が必要です。動き始めれば、あとは比較的少ない力で進めることができますね。

これは、「自身の説得」という意味でもそうです。それをする価値があるのかとか、それは成功するのかとか、最初にさまざまな迷いがあります。僕は、けっこうシミュレーションをしてしまう人間で、始めるまえから、結果を大方予測してしまい、せいぜい上手くいってもこんなところだろう、と考えて、ちっともスタートできないのです。

作家の仕事では、自分自身に楽しみがなくても、原稿料や印税がもらえるので、最低限のリターンがありますが、趣味の工作では、作り上げても、他者からはなにも得られません。自己満足のためだけに作るのです。そうなると、どれくらい自分が満足できるかという疑問を持ったとき、ちっとも始められなくなります。

結論を言ってしまえば、やればやっただけの楽しみが返ってくるし、たとえ大失敗しても、それなりに得るものはあるものです。ですから、始めてしまいさえすれば良いのですが、それでも腰が上がらない。スタートの日は、少しずつ先送りになります。

そんなときに、取っかかりというのか、別の自分が出てくるわけです。監督者みたいな人ですね。そして、部屋の整理をしたり、道具や材料を揃えて下準備をしたりします。小説の執筆だったら、フォルダを作って、タイトルを書いて、目次を書いて、登場人物表を書いてしまう。

そうやってお膳立てをしてやるわけです。もう始めざるをえないところへ自分を追い込むというか、ほかの雑事ができなくなる状況を作るわけです。おかしな話ですが、人間は、やりたくないけれどやらないといけないとわかっています。それなりにね。すると、別のことをして誤魔化そうとする。お茶を濁したりして言い訳もするんです。ああ、なんか散らかっていて集中できないとか、道具がないからできないとか、まだこれが決まっていないとかね。だから、そういった言い訳ができない状況を作る、というわけです』

頭を発想しやすい状態にする

Q『では、抽象的なことを考えるときのコツはありますか？　ご著書に、タイトルを考えるだけでも、半年の時間をかけると書かれていましたが、「一日一回思い出すだけ」ともありました』

森『大変難しい質問ですね。はっきり言って、わかりません。わからないから、時間をかけるしかないのです。頭脳は自然のものであって、機械ではない。だから、土に埋めた種が発芽するような時間が必要なのではないでしょうか。発想というものは、そういうものだと思っています。これこれこう考えて、この方式で計算すれば思いつく、という手法がないわけです。それがあったら、半年もかからないでしょう。

ただ、土から出てきた芽を発見するのは、自分自身の価値観です。発想を見極める目が必要ですね。それは、ある程度は経験的なものだし、また多分に客観的なものです。これは使える、と判断するときには、その発想がどう加工できるか、それを他者はどう思うか、という瞬時の推測と他視点の観察が働きます。これは、想像力といってしまえばそうなのですが、発想ではなく計算に近いもので、たとえば、ＡＩだったら、わりと簡単に答を導くでしょう。

半年考えていても、その問題を「一日一回思い出す」というのは、当たり前ですが、半年間ずっと考え続けているわけではない、という意味です。でも、毎日思い出すくらいには、気にかけているということです。気にかけていれば、べつのものを見たとき、連想もするでしょう。いろいろなものに対して、もしかしてこれを使えないか、これは似ていないか、とゆるい関連で結びつけることができます。これも、集中した思考には向いていない理由です。ぼんやりと、なんとなく気にかけている必要があって、その境地に達するのに半年かかるということです。

それで、一旦なんらかの発想があれば、あとは簡単です。ようは労働するのみです。

ここに道がありそうだ、こちらに目的地があるらしい、とわかれば、あとは歩くだけなのです。小説の執筆であれば、タイトルが決まれば、十日か二週間で書き上がります。もちろん、一日に一時間の執筆量でです。

この段階に至ると、むしろスピードが出すぎないように自分を抑えている感覚になります。気が短いので、目的地が見えたら一気に進みたいと思ってしまう方なので、疲れないように、仕事が雑にならないように、意識してゆっくりと進めます。自重しているわけです』

Q『「発想を待つ」ときには、思考が集中していないことが大事とは、どういう意図でしょうか？　もう少し詳しくお願いします』

森『分散というのか、発散というのか、イメージが人によって違うかもしれませんが、一点に集中していない状態が、発想しやすい頭なのだと思います。頭の中でどんなふうになっているのか、見たことがないので知りませんけれど、集中していては、一部のデータにしかアクセスしていないわけです。もっと別のデータ、まったく関連のないデータにも広く次々とアクセスする、ということですね。もし、集中して見ているところに答があるなら、なにも発想など必要ないわけです。計算したら結果が出ます。しかし、発想と呼ばれているものは、普通ではちょっと思いつけないような解を持ってくることです。それが、遠くから来るほど、誰も思いつけない画期的なアイデアだと評価される。でも、遠くにあるデータほど、範囲が広がるわけですから、処理が膨大になります。それを素早く関連づけるのは、閃きと呼ばれる一瞬の連想です。

多くのデータをまず見ること、目の前のものや既存の概念に囚われないで、無関係なものをつなげてみたり、常識外れの解釈をしたり、無駄なことに注目したり、さまざまなタブーを頭の中で取り替え引き替え試すような多視点の思考が必要です。もちろん、一方では、それらを客観的に観察し、これだというものを評価し見逃さないことも重要。ですから、きょろきょろとしている人と、その人を監視している人が少なくとも必要で、この人たちが何組も働いているわけです。これを、言葉にすると、「発散」あるいは「分散」みたいな表現になります』

Q『どうしても、その分散思考、発散思考をするには、どうすれば良いですか、と尋ねたくなりますが』

森『その、どうすれば良いか、という手法が、集中思考の典型です。こうすれば良いという方法を求めようとしていますよね。そういう手法がない点が、分散思考、発散思考の基本です』

Q『思考の「発散」と「集中」というのは、「拡散」と「収縮」とも言い換えられますね。これらはどのようなプロセスを経ているのでしょうか？』

森『なんとなく、空間的なものをイメージすると、そうなりますが、はたして、頭の中にそういった空間があるのかどうか、それはわかりません。

さきほど、多視点が重要だと言いましたし、また、試す人と監視する人が同時に働くみたいなことも言いました。頭の中には、複数の人間がいるというイメージを僕は持っているのですが、発散とは、彼らが別々の行動をしていることであり、集中とは同じ仕事を協力している状態です。したがって、ばらばらで自由に動けるし、号令がかかれば、集まって統制が取れた仕事をする、というのは、けっこう難しいことだと感じます。それが簡単に切り換えられる人は多くはないでしょう。どのようなプロセスを経ているというよりも、社会では、発散型の人と、集中型の人で分担して仕事をしている例が多く、個人の中でそれをしている人は、芸術家とか作家くらいではないか、とも思います。つまり、一人で完結するような仕事でないと、そうはならないわけです。

普通の人の頭は、子供の頃からの教育で、集中する思考には慣れていると思います。でも、ばらばらに動けないわけです。だから、発想が出ない。考えているつもりなのに、みんなが集まって同じことを計算しているから、広いデータにアクセスできないし、また、どうすれば良いのか、という方法を尋ねることにもなります』

Q『先生の著作にときどき現れる「思考実験」が、発想を出すために関係しているのでしょうか。どのような思考法ですか？』

森『それは、昔からある言葉で、もしこんな仮説が成立するなら、この現象はどう観察されるだろう、といった想像をすることです。誰にでもできると思いますが、普通の人はしませんね。そんなことを考えても、なんの役にも立たない、と感じるのが常識的な人といえます。

でも、たとえば、もし自分があの人だったら、と考えることはありませんか。自分はあの人ではないので、考えても無駄でしょうか？　他者を理解する、他者を説得する、といった場合には、そんな他者の視点が重要になります。

小説を書く場合は、これが絶対に必要になります。そもそも小説自体が、思考実験といっても良いでしょう。

そういった考え方が役に立つか、というのはちょっとわかりません。オリジナリティともあまり関係がない。そうではなく、価値が生じるかどうか、という判断には必要だということです。思いついたものにオリジナリティがあるかどうかは、つまり、創作の価値があるかどうかです。

また、脳内で会議をしているのは、ごく普通のことだと思います。相手がこう出てきたら、そのとき自分はどう応えるか、くらいは棋士でなくても、普通考えているのではないでしょうか？』

多くの人は「反応」しているだけ

Q『では、「自分の頭で考える」とはどのようなことだとお考えですか？　人と同じ思考になる恐怖感みたいなものはありませんか？』

森『そうですね、普通の人が「考えた」と言っている行為のほとんどは、ただ世間の常識だとか、知識としてあったものに照らし合わせただけか、そんなものから選択しただけで、実は思考していない。たとえば、青信号を見て横断歩道を渡ったとき、青ならば安全だと「考えた」でしょうか？

実は、単に反応しているだけ、周りに合わせているだけで、自分の頭では考えていないのです。実際に安全を自分で確認したわけでもないし、信号機の青がどこでコントロールされているかも考えていません。

日常生活では、人間はほとんど考えないのです。頭を使うことはとてもエネルギィが必要で、楽ではない。できるだけ楽をしたいのが、生き物の本能です。しかし、人類がこんなに繁栄したのは、ほかの動物よりも考えたからなのですね。

つまり、社会においても、考える人が格段に有利になります。仕事であれば成功するし、周囲からも認められるでしょうから、社会的にも良い立場にたてます。それよりもなにより、自分の好きなことがしやすくなります。自由になれる、といっても良いかもしれません。

人と同じ思考になるのではと心配するのは、まだ考えていない証拠です。ただ、空気を見て、反応しているだけでは、どうしても同じになりやすい。家畜のような思考ともいえます。マスコミの報道に左右され、好きなタレントの発言に左右される。近所の人が言ったことを気にしてしまう。身近な人の発言で頭がいっぱいになる。それらは、結局は、自分の考えを持っていない、考えていない状態だといえます。考えていないことに対して、少しは恐怖心を持った方が良いと思えるほどです』

Q『日常生活の中で、自分の思考を深めるトレーニングはされていますか。読書がそれに当たるのでしょうか？』

森『読書は知識を得るうえで非常に効率が良く、毎日読んだ方が良いでしょう。僕は、小説は読みませんが、読書量は歳を取るほど増えてきました。若いときには文字を読むのが苦手でしたが、だんだん慣れてきたみたいです。

ただ、思考を深めるために「読書」とおっしゃいましたが、読書は、そもそも思考力には関係がありません。読んでも読まなくても同じです。もちろん、知識を得るには多少有利でしょう。これは、野球の本を読めば、少し野球が上手くなる、くらいの意味です。

ようするに、読書はインプットですが、思考はアウトプット、なのです。したがって、野球が上手くなるにも、ピアノが弾けるようになるにも、その練習をするしかありません。知識が足りなくて、野球やピアノができないのではない、ということです。同じように、思考ができるようになるには、思考するしかないのです』

作家の情報の接し方

Q『そもそも、森先生は「情報」とはどのように接しているのですか？』

森『僕の場合は、ネットか雑誌ですね。情報というのは、思考するための「材料」です。材料を加工することが、思考という作業です。加工しないでアウトプットする人は、ただ、情報に反応しているだけです』

Q『関心を広げることを意識的に行うことはありますか？　そのような必要はありませんか？　どの程度、意識的に、情報を入れているのでしょうか？　世間では、教養を身につけるために「好奇心」を持とうと喧伝されています。たとえば、子供に好奇心を持たせるためにやるべきことなどありますでしょうか?』

森『情報を得ることが、つまり関心を広げるためですね。もちろん、意識的にそうしています。必要があるかないか、というよりも、好奇心です。ただし、知りたいというだけではなく、それを考えたいから取り入れる、ということです。

工作が好きな人は、いろいろな素材を試したいと考えるでしょうし、ホームセンタなどへ行っても、なにか使えそうなものはないか、という目で探します。なにを作るか決めているわけではない。ものを見たときのインスピレーションを大事にしているから、どんなものにも関心が向きます。

でも、材料を集めることが趣味なのではない。それでは材料のコレクタにすぎません。材料に関心があるのは、それでなにか作りたいからです。

新しい情報が自分になんらかの変化をもたらしてくれることを知っているから、わくわくするわけです。それを自分はどう考えるか、ということが面白いのです。

子供は、デフォルトで好奇心を持っているものです。その好奇心を大人が消してしまうだけのことです。大人が関心を引きたいものを見せ、面白いでしょう？　綺麗でしょう？　可愛いでしょう？　と印象まで制限する。動物を見せたら、子供は「臭い」と思うでしょう。星空を見て「蕁麻疹みたい」と言った子供もいます。それが子供の発想力というものです。いかに大人がそれを台無しにしているかにまず気づくべきでしょう』

Q『発想の元になるインプットはどこからされているのですか？』

森『まあ、どこからでもインプットはあるとは思います。自分がしている作業からもインプットがありますね。

僕が関心があるものは、日常のことではない場合が多くて、やはり、ネットを通じて、世界の隅々まで探しにいきます。調べることのテーマが決まっているのは、固有の問題を抱えているときであって、探求の方向性がしっかりと決まったあとの話ですから、もう、問題解決の作業に入っている段階だといえます。重要なのは、問題を見つける最初の段階であって、そこでは、テーマなど決まっていません』

Q『先生はメモを取らないとありましたが、集めた素材はどうやって管理しますか?』

森『集めた素材は、全部頭の中です。頭に入れる段階では取捨選択をしません。できませんよね。見たり聞いたり読んだりしたものは全部頭に入ります。そのうち、重要ではないものは忘れていくだけです。メモというのは、かなり具体的な作業段階に至ってからは、手順などを間違えないように書くことはありますけれど、ものを考えるときは、メモ以前の段階といえます。

たとえば、小説のアイデアなどはメモをしませんが、タイトルの候補なら、百思いついたうち十くらいはメモします。

工作でいえば、組立てキットのような製品なら、部品のリストがあり、作る手順が示されているわけですが、自分が初めてなにかを作るという場合、材料は、すべて事前に揃えるわけにいきません。作りながら、考えながら、足りない材料があれば調達し、問題が起これば設計し直しながら作るわけですから、メモなどあってもしかたがないのです。

ものを考えるというのは、計算のように一直線に進みません。試行錯誤の繰り返しであり、引き返してみたり、別の道を試してみたりすることになります。したがって、素材をいくら管理・整理していても、ほとんど無意味だし、そういうものがあると、かえって思考が縛（しば）られます。その素材を使わないといけない、利用しないともったいない、という方へ傾くからです。不自由な思考になると思います』

ストックがないから枯渇（こかつ）しない

Q『では、アウトプットについてお尋ねします。多くの方が疑問に思っていることは、何故アウトプットを続けられるのかという点です』

森『もともとストックがあるところから出しているのではないので、続けられるということだと思います。アイデアのストックがあれば、出し続けると、枯渇しますね。集めた素材があっても、それを使えばなくなります。このようにしてスランプになる作家はいるのではないでしょうか。

僕は、ストックがない。アイデア帳もない。いつもゼロから書き始め、書いているうちに思いつくことで、作品を完成させます。足りない材料は調達しますが、もともとあったものではないのです。ですから、倉庫はいつも空っぽなのです。だから、同じ方法でいつまでも繰り返すことができます』

Q『森先生は、一日に一時間しか仕事をされないわけですが、何故一時間以上書かないのですか？　乗っていて、没頭したらそれ以上書くこともありそうですが』

森『ときどき、二十分くらいオーバする日もありますよ。でも、一年で平均したら、執筆に使う時間は一日二十分くらいになります。執筆期間は二週間ほどで、そのときは、毎日一時間。つまりトータルで十四時間くらいですね。

何故それ以上しないのか、というと、それは疲れるからです。疲れたら、次の日に響きます。体力のない人間なのでそうしているわけです。一番自分にとって効率の高い方法を選んでいるだけのことです。人によってさまざまなやり方があるでしょうから、真似をしても意味はありません。

よく、「決まった文章を写すだけでも、一時間に六千文字なんてできない」という人がいますが、それは僕もできません。文字を読むのが遅いので、読みながら書いたら時間がかかります。自分の頭の中から出てくる文章は、読む必要がないから速く書けるのです。

それから、執筆中は、頭はかなり回っているわけです。いろいろなことを考えています。今書いているシーンの映像も見えているし、その物語の過去や将来も思い浮かびます。非常にマルチな思考をしているのです。だから、十分間で疲れてしまうのだと思います』

環境を整えるのは基本

Q『集中するために、外部環境に気を遣いますか？』

森『そうですね。寒いとか暑いとか、変な臭いがするとか、気になるものが目の前で動いているとかではできないと思います。作業に適した環境を整えることは、基本的なことです。座りやすい椅子や、打ちやすいキーボードも不可欠ですね。

大事なことは、自分が良いと思うようにすることではないでしょうか。環境に気を遣いたい人は遣えば良いし、気にならない人はしないでも良い、ということです。これも、こういった方法があるとか、こうすれば効果が見込めるとか、その種の情報に惑わされないことです』

Q『リラックスした方が、集中力が高まるのでしょうか？』

森『リラックスした方が良いのは、発想を待つときです。集中力は、むしろ少し緊張したときの方が高まるかと。僕の場合は、ですが』

Q『〆切とどうつき合うか、お考えはありますか？　〆切を利用して、気持ちをモチベートしたりされますか？』

森『〆切とどうつき合うかって、〆切までに原稿を送るしか選択肢はないと思います。僕は、小説ではだいたい一年から半年まえに脱稿して編集者に送ります。〆切は、自分で決めるものですが、その事前の〆切にも、遅れることはありません。
世の中には、〆切を利用して気持ちを高めている人がいるのですか？ なるほど、追っかけられないと走れないみたいなものですね。不自由な方法論だとは思いますが、べつによろしいのではないでしょうか』

Q『書くだけでなく、併行してアウトプットすることはありますか？』

森『たいてい、複数の工作を同時にしているので、アウトプットは常に併行しています。文章に関しても、たまに二つのものを同時進行で書くことがありますが、そのあと、本にするときにゲラを見たりするのが大変なので、できるだけ、同時に本を出さないように調整をしています』

Q『森先生の場合、書くよりも読む方が大変だとお聞きしましたが、本当ですか?』

森『本当です。デビューした頃は、とにかくゲラ校正が大変で、執筆よりも何倍も時間がかかっていました。最近だいぶ読むことに慣れてきたと思いますが、それでも、一冊の本を一度通して読むのに、最低五日くらいはかかります。自分が書いたゲラでも同じです。

作家の仕事時間として、やはり執筆とゲラ校正は同じくらいの時間割合になります。書く方がずっと楽ですね。頭の使い方として、単純なんです。しかし、読む行為は、文字から、さまざまなものを頭の中で展開する作業なので、それで時間がかかってしまうのです』

第3章

「集中しない」と何故良いか

何故「集中が良い」とされてきたか?

前章までで部分的には述べてきたが、集中するばかりではなく、分散した思考や行動が有用な場合がある。本章では、この分散思考、発散思考、あるいはマルチタスクともいえる分散作業術について、どのような利点があるのかをまとめてみたい。

これまで、「分散」や「発散」や「アンチ集中力」といった表現を使ってきたが、これはという適当な言葉がないために、しかたなくこうなってしまう。それくらい、集中することが過剰に重んじられている証拠ともいえる。たとえば、「ここぞというところに集中して投入した方が効果がある」とか、「あれもこれもと手を出すばかりではなにも大成しない。まずは的を絞って集中すべきだ」といった意見をよく耳にするが、この逆に、「もっと分散させましょう」「発散して考えましょう」などは聞かない。逆の意味で良いイメージを伴う概念さえないため、言葉が思い浮かばないのである。

そもそも、どうして「集中」なのか、という点から考えていこう。

これは、人間の頭脳の仕組みに起因しているだろう。たとえば、目は二つあるのに、同時に別のものを見ることはできない。いつも、見ている映像は一つだ。目は首を動かして、視線を移動させることは可能だが、これも高速にスキャンするわけにいかない。一箇所をある程度の時間、じっと見つめて焦点を合わせないと、それを認識し、また観察することができない。

耳は同時に複数の音を聞くことができるが、それらを同時にすべて識別することはできない。大勢が一度にしゃべっていることを聞き分ける天才もいるようだが、それでもせいぜい数人であろう。つまり、目で見るものも、耳で聞くものも、その認識は頭脳によって制限されているのだ。

また、行動もだいたい一つに絞らざるをえない。同時に複数のことを行うのは、かなり困難である。ピアニストは、右手と左手で別の旋律を弾けるが、一般人がすぐに真似ができるものではない。そのピアニストでも、同じリズムの同じ曲を弾いているわけで、まったく違う速度でジャンルも違う二曲を同時に弾けるかどうかは疑わしい。それはもう、完全にアクロバットになるだろう。

自分は一人だけ（肉体は一つ）だから、同時に複数の道を歩くことはできない。忍者の分身の術みたいなものを実現することは不可能だ。これはコンピュータや機械であれば、特別難しいことではない。何故か、人間にはできない。

まずは、そういった生命体の成立ちというのか、宿命というのか、物理的な制約が人間に与えられている。たまたまそうなっているとしかいいようがない。SFになってしまうが、もし地球以外に生命体が存在したときには、躰が二つだとか、頭脳が二つあるとか、そういった生き物が登場しても良いわけで、そうなると、「集中」とは、二点に絞ること、二つとも上手に行うことの意味になるだろうか。

人類の進化に見る「分散」のルーツ

さて、そうはいっても、人間の頭脳は、一つの肉体をコントロールするには発達しすぎたともいえる。動物よりも、ずっと多くの脳細胞を持っていて、生命を維持すること以外にも、人間はあらゆることを考えるようになった。

たった今、目の前にあるものだけではなく、ここにないもの、別人のこと、未来のことなどを想像することができる。そういった作業を、自身の肉体をコントロールしつつ行うことができるのだ。歩きながら本が読めるし、音楽を聴きながら絵が描ける。また、現在している重要な作業の最中に、今夜は何を食べようか、などと考えることができる。

こういった思考は、生命を維持するためには役立たない。生命体として、やや過剰ともいえる活動といえるだろう。しかし、明日のことを心配して食料を蓄えたり、猛獣が出てくる以前からそれを警戒して対策を立てたりできるので、その能力の一部は、たしかに生き残りに有利だった。運動能力に優れていなくても人類が生き残った所以である。ただ、それらを差し引いても、やはり過剰だろう。この過剰さが、自然界の探求や、哲学や数学などの文化の発展にも寄与したことはいうまでもない。

もし、食料を得ることが非常に困難で、集中しなければ得られない条件であれば、毎日それに集中する以外にない。それ以外のときは、寝ることくらいがせいぜいだろう。大方の野生動物はそうしている。しかし、人類は、まずその困難さを大勢が協力することで緩和した。誰かが獲物を見つければ、みんなが食べられる。誰かが見張っていれば、大勢が安心だ。そうやって作業を分担することで、対象に集中しなくても良い人員が生まれ、その人員を別の作業に充てることができた。こういった余裕を作ることが、集団としての能力を高める。ここに、「分散」のルーツがある。

集団の形成で生まれた余裕は、個人にも影響を与え、一つのことに集中しなければならない状況から、複数の対象への興味を抱くことへと導いた。容量の大きな頭脳を持っていたことと相まって、好奇心をますます発現させる機会を、生活の余裕が提供したはずである。

複数のことが同時にできる

思考や行動の対象が複数になれば、個人の中でも、当然シェアが始まる。この場合、シェアされるのは主に時間である。肉体をシェアするには制限がありすぎるし、頭も、それまでの発達の過程によるものか、複数のことを考えられないように既になっていたようだ。

肉体が分割できないから、複数の作業を行う場合には、時間をシェアして、つぎつぎと切り換える。学校の授業の時間割のようなものだ。そうやって、多くのことを同時に進めていくことが普通になった。学校では、何故、まず一年間は国語、次の一年間は算数という時間割にしないのか、少し考えていただきたい。もし、集中することが善ならば、当然そうした方が頭に入りやすいと思われるが、そうはなっていない。分散し、同時進行することが有効であるとの共通認識が、自然にあったものと思われる。

これは、一見関連がない情報であっても、頭の中では数々のリンクを伴って格納されるニューラルネットの仕組みに、分散、同時進行のインプットが適していたからだろう。

肉体は分割できないことは自明だが、頭脳は、少なくとも躰よりは柔軟だ。練習をすれば、あるいは同時に二つのことを考えられるかもしれない。だが、それよりも、短い時間で切り換える、タイム・シェアのシステムの方が有効だ。

肉体のシェアといえば、手も足も二本あって、左右で別々のことができる。たとえば、ドラムの演奏などが、これをフルに利用して行われる。

ただ、足は二本で組んで仕事をすることが多いし、目や耳は二つあっても脳神経が一つにまとめてしまうようだ。比較的、独立しているのは手くらいだろう。

僕は、利き手が右なのか左なのかわからない人間である。子供の頃は、どちらでも同じように使っていた。文字を書くのは左だったり、右だったりした。運動も、どちらが得意ということはない。だが、中学のときに右手を骨折して、二カ月ほど使えなかったので、その間、左手でほとんどのことをした。特に、右手のギプスをしたまま、卓球をして遊んでいたことが影響したのか、運動のラケット系は左しかできなくなった。

また、ペンを持つ手は、左右持ち替えていたので、どちらでも書けるが、現在は、文字は右で書き、絵は左にしている（正確には、ドローが右で、ペイントが左）。もっとも、この頃はペンで書く機会がほとんどなくなったので、もしかしたら、利き手はどちらでもない、が正しいかもしれない。

左右両手にペンを持って、右手と左手で異なる文字を書くこともできる。右手で「あいうえお」と書きつつ、左手で「かきくけこ」と書くのだが、これは、誰でもちょっと練習すれば可能だろう。それをするときは、目では左右を交互に見ているし、頭も左右の文字を、短い時間で切り換えながら認識しているだけだ。タイム・シェアしているわけである。

僕は特別ではない。僕の友人は、左右にペンを持って、片手で英語を書きつつ、もう一方では日本語が書けた（中学のときの話なので、今はどうかわからない）。同時通訳をする人とか、大勢を相手に将棋を指す人とかが現にいるわけで、頭も短い時間でシェアできるのだろう、と想像している。残念ながら、僕は同時に二つのことを考えることはないので、きっとみんなもそうにちがいない、と考えているにすぎない。

分散思考のメリットとは？

さて、そんなタイム・シェアによって、複数のことをほぼ同時に進めていくのが、分散思考であり、仕事になれば、マルチタスクということになる。これらには、はたしてどのような利点があるのだろうか。以下にまとめてみたい。

最初に挙げられることは、待ち時間を有効に使える、という点だ。

人間が行う作業のほとんどは、多かれ少なかれ「待ち時間」が随所に存在する。時間的に見て、休む暇もなくきっちりと作業の流れが連続していることはほとんどない。

料理をしていても、煮上がる時間は手が離せる。塗装をしたら、乾燥を待たなければならない。それ以前に、多くの仕事は多人数で協力し合って進めるわけだから、他者と足並みを揃える必要があり、ときには相手の作業を待つ時間が生じる。

そんななにもできない時間を別の作業に活用すれば、効率アップになる。無駄な時間をただぼうっと過ごすのではなく、できることをして、その無駄をなくすわけだ。時間というのは、なにもしなくても過ぎていくものだから、立ち止まっていても、生産的なことに使っても、同じだけ時間は消費される。もちろん、人間は機械ではないから、そういったちょっとした休息が必要であるというならば、それはまた時間の有効利用であり、無駄ではない。そもそも、働きながら同時に休むことができないから、こうしてシェアしているのだ。

僕は、とてもせっかちな人間なので、じっとしていられない。なにもしない時間が流れることが苦痛である。休むというよりも、逆にいらいらしてしまう。だから、人に歩調を合わせることも苦手だ。自分は約束の時間には絶対に遅れていかないし、また時間が過ぎたら人を待つことをしない。そんなせっかちさは嫌われるだろう、と思う人も多いけれど、嫌われても良いから、時間を活用した方がましだと考えてしまう。

時間というのは、つまりお金よりも価値がある。お金に取り返せるけれど、時間は使ったら戻ってこない。無駄なことに時間を使うのは、その分お金を払っていると考えてもらいたい。実際、無駄な時間を過ごすことで、どんどん金欠になっていく人は大勢いるように見受けられる。

せっかちを克服する

そんなせっかちな僕の場合、多くの失敗は、ものごとをじっくり進められず、つい慌ててさきを急いでしまうため、不充分な結果になることだった。これは、子供の頃から散々指摘されてきた。「もう少し落ち着いてじっくりと取り組みなさい」と何度言われたかわからない。たとえば、接着剤が硬化するのを待っていられない。塗装も完全に乾くまえに手を出してしまうし、すぐ次のことをしたくなって失敗をする。急ぐから作業が不充分になり、どうしても雑な仕上がりになってしまう。

これは、つまり一つの工程に集中できないというか、早く次の工程に進みたい、という欲求が強いためだろう。とにかく手っ取り早く終えるから、作業は人よりも速いものの、どうしても完成度が低い。それはわかっているのだが、自分としては、それで良いと思っていた。つまり、自分のために作っているのだから、たとえ人から褒められなくても、気にならない。

僕にしてみると、じっくりとこの作業を続ければ、どうなるかがもうやっているうちにわかってしまうから、ある意味、完成形を見たも同然というか、シミュレーションの結果として、自分が到達できるのはそこまでだ、という「仮の終わり」に達してしまう感覚なのだ。それ以上やってもしかたがないから次へ進みたくなる。

子供のときなどは、完成の手前で投げ出した作品ばかりだった。それ以上やっても結果は見えているから、もうやりたくなってしまうのだ。しかし、こんなことでは、やはり結果として完成したものが残らない。子供のうちは良いけれど、大人になって、しかも仕事になれば、他者の評価を受けるわけだから、自分をコントロールしてでも、じっくりと、つまりゆっくりと作業を進めることを覚えなければいけないな、とは理解していた。

もちろん、我慢をして完成させたものもある。非常にストレスを感じたものの、出来上がるとそれなりに嬉しい。これが達成感というものか、ともわかった。周囲を見回してみると、なるほど、上手に作る人は、驚くほど気長な作業をしているのだ。その気長さが、自分にはない。

そういった体験を重ねてきた結果、僕が考案したやり方が、沢山の作品を同時進行で進める工作法だったのだ。たとえば、接着剤や塗料を使ったら、その作品からは一旦離れる。ほかの作品へ移る。そちらももちろん、やりかけのものだ。そこでまた作業を少し進める。キリの良いところまでは進めない。むしろ、キリの悪いところで中断し、さらにまた別の作品へ移る。

このようにすると、接着剤は知らないうちに硬化しているし、塗料も乾いているので、全然待たずにすぐ次の工程に進める。結果的に、じっくりとゆっくりと慎重に進めているのと同じことになる。

同時進行の合理性

実際、僕は今もこの方法でほとんどのことを実行している。といっても、趣味の対象は限られていて、大部分は工作である。屋外で行う大きな工作（工事）もあるし、とても小さな細かいものの加工もある。機械工作も電子工作もするし、木工も金属加工もある。だいたい、五から十くらいのものが常に作りかけだから、片づけないでやりっぱなしのままになり、あちらこちらに店を広げるから、スペースが必要となる。

同時進行だからなかなか完成しない。しかし、いずれは完成する。途中のままで終わってしまうものは滅多にない。また、新しいものをいつでも始めることができる。扱う対象が一つ増えるだけなので、始めることに大きな抵抗がないためだ。唯一の制約は、場所の問題である。広い場所が必要なプロジェクトは、なにかが完成して場所が空くまで始められない。

このやり方が、非常に自分の性格に合っている、と自己評価している。これは、大学に勤務しているときに小説を書き始め、研究者と小説家を十年間も兼務していたことでもご理解いただけると思う。

世間からはよく「二足のわらじ」と言われていたが、僕自身は、ほかにも趣味のものを同時進行で楽しんでいたし、それ以前に、大学の教官は、研究者と教育者を兼務している。さらには、各種の委員会に出ていかなければならないなど、大学や学会の運営に関わり、各種の会議も頻繁にある。

また、研究だけでも、沢山のテーマを同時に進めている。指導している学生・院生は常に十人以上いて、彼らの卒論・修論のテーマは一人一人みんな違ったものだった。それだけのテーマを同時に進めているのは、別段変わったことではなく、どんな研究者でも多かれ少なかれ同じ条件だろう。ものになるか、ものにならないかわからないのが研究である。幾つかテーマを持っていて、これは有望だと思われるものには、少しずつ力を集中させていくが、それまでは完全に分散してこなすことになる。

だから、小説家の仕事も、そんな研究テーマの一つとして加わったのと同じだった。そのために少し時間をシェアしただけだ。

一つの作品に集中しない

デビュー当時、小説に割り当てた時間は、一日三時間だった。その三時間は、最初のうちは睡眠時間を削って捻出した。大学のすぐ近くに住んでいたが、帰宅するのは夜の十時頃で、夕食を取ってからすぐに寝て、一時間半後に起きて三時間、小説を執筆するかゲラを読む。そして朝までまた四時間ほど寝る、という生活だった。当時はまだ、三十代だったから、そんな無理ができたのだ。

睡眠時間を分割したのは、夕食後に三時間の作業をすると、眠くなってしまい難しかったからである。また、三時間も時間が必要だったのは、主としてゲラを読むことが遅かったことが原因で、これは、慣れてくることで少しずつ速くなり、五年後には、毎日二時間程度で小説の仕事がこなせるようになった。効率化を図れたわけだ。

その三時間の中でも、執筆で疲れたら、別の作品のゲラ校正をする、というように、作業内容を頻繁に切り換えていた。

小説の仕事は、僕が予想していたよりも好調で、次々と新しい本を出すことができた。デビュー五年後くらいになると、平均すると毎月二冊の本を出すようになった。これ自体、分散型の人間だからといえるだろう。つまり、一年に一作書いて、それで大当たりを狙うよりも、そこそこ売れるものを一年に二十数冊出すことの方が、自分には簡単だったからだ。

これまで出した本は（国内に限り、また共著や漫画化を除いて）三百冊以上あるが、大当たりしてベストセラになったものは一冊もない。平均すると、一冊がだいたい五万部売れている。ということは、一年で二十冊を出せば、毎年、百万部売れるベストセラを連発しているのと同じ結果になる。百万部売れる小説を書くことが、どれくらい難しいか、この業界を少しでも知っている方ならご理解いただけるだろう。

一作に集中しない、というのが作家・森博嗣のやり方で、それは最初からそのつもりだったし、僕はすべてにおいて、その方法で臨んでいる。

世の中には、そうではないタイプの人も沢山いる。一発当てる、という言葉があるように、一作に自分の持っているものをすべて込める、という創作法もあるだろう。それを否定しているわけではない。いろいろなタイプがあって良いのでは、という話である。

時間の分散が完成度を高める

ところで、同時に沢山のことを併行して進める方法では、〆切間近で一気に力を込める、というやり方は向かない。スタートからゴールまでコンスタントに進める方が、ほかの仕事とのタイム・シェアがやりやすい。一つに長く時間を使うと、ほかのものが一時ストップし、結果としてスムーズに切り換えられなくなるからだ。

かなり多くの人が、〆切が近づくほど急ピッチになる仕事をしているようである。たとえば、小説家であれば、〆切の日にならないと書き始められない人がいるという。明日が〆切だという夜は、寝ないで作業に集中する人を大勢知っている。どうして、そのような余裕のない段取りになるのだろうか。

それでは、仕事がとてもリスキィなものになる。万が一トラブルがあったときに、〆切に間に合わない事態に陥る。〆切を簡単に遅らせることができる業種（たとえば小説家のように）ならば、そんな危機感もないのかもしれないが、普通のビジネスにおいて、〆切は契約であり、絶対である。間に合わなければ、契約違反になり、ペナルティが科せられる。

それなのに、ぎりぎりに仕事をする人がとても多い。そういう人たちに話を聞くと、「早く仕上げても、別の仕事が来たり、余計な注文がつくだけだから、ぎりぎりに持っていく方がかえってスムーズにことが運ぶ」「早く片づけてしまうと、暇だと思われてしまい、ぎりぎりでやると頑張っているように見られる」ということだった。僕は、馬鹿馬鹿しいことだとは感じるけれど、世間のルールならば、馬鹿馬鹿しいとばかりも言っていられない。自分のペースで進めても、周囲にはまだできていないと内緒にする方が賢明なのかもしれない。僕は馬鹿正直だから、早く脱稿し、早く原稿を送ってしまう。

このうち、「余計な注文がつくだけ」というのは、たとえば、余裕を持って仕上げていくと、まだ時間があるので、相手もじっくり評価をし、しかも、ここを修正したらもっと良くなる、と意見を出しやすい。それが嫌だから、ぎりぎりに持っていく、という意味だ。

このことが示すように、時間的余裕を持って完成を見たものは、それを眺めて、評価をする時間がある。これは本当はとても重要なことなのである。

作業に没頭していた頭は、「完成した！」という達成感に満たされているから、冷静にその作品を評価することができない。少し時間が経てば、だんだん粗が見えてくるものだ。頭が冷静になり、客観的になるためである。逆にいえば、そんな冷めた自分が嫌だから、粗が見えないうちに出してしまおうということもあるかもしれない。

つまり、時間的余裕は、仕上がりの完成度に影響をする。冷静になり、いろいろな見方ができることが実は重要で、そういった客観的な評価眼を作者自身が持たなければならないし、また、そのうえで修正なり変更なりをすることによって、完成度が高まる。

この意味でも、分散型のやり方で進めたものは、完成度が高くなることがご理解いただけると思う。つまり、それに着手しているトータルの時間は同じであっても、ほかの作業と同時進行であれば、期間としては長くその仕事に携わることになるし、また、それだけに集中していないため、常に冷静に、そして客観的な評価眼によって、それを見ることができ、結果的に完成度を高めるのである。

アクシデントへの対応力

さらに、別のメリットとして、分散型の仕事法を採用していると、不測の事態に対して、比較的容易に対処ができる、という点がある。そもそも、集中しないことで、常に冷静に作業を進めることができるので、もともと余裕を持ったスケジュールで進行しているし、また万が一の場合には、タイム・シェアしている複数の作業の間で、時間のやりくりができる。これは、一つの仕事に集中し、しかも〆切間際になってフル回転しているようなときに予期せぬトラブルに見舞われた場合とは対照的で、システムとして安定している。

僕の例でいうと、親が死んだときの話を書いたが、葬式があっても、表向きにはなにもなかったように進めることができた。当時、週刊の連載を持っていたし、しかも四人で合作するような仕事だったが、他の三人に少しスケジュールをずらしてもらうだけで乗り切ることができた。最近では、突然救急車で運ばれて入院する事態になったが、このときも、ウェブ連載の〆切を三日遅らせるだけで済んだ。実際の〆切よりも一週間以上早い〆切を自分で設定し、そのスケジュールで編集者に進めてもらっていたし、自分自身では、さらに二週間早く原稿を書いていたので、三日遅らせても、余裕で吸収できた。

現在、これを執筆しているのは、この本が発行される一年まえである。あと、三日で脱稿できるスケジュールで書いているから、四日後に僕が死んでも、一年後にこの本は発行されるだろう。このように、前倒しで仕事をすることは、周囲に迷惑をかけないこと、それから、どんな事態になっても慌てないで済むこと、などメリットが大きい。逆に、デメリットはほとんどない。時事ネタのエッセィが、多少古くなる程度だ。

お金を貯めるよりも、時間を溜めた方がずっと生活に余裕ができる。分散型の仕事術は、そういった意味で、時間の融通が利く方式だから、時間の貯金を持っているような状態といえる。これが、本当の「安全」あるいは「安心」というものだろう。

ただし、僕がこんなやり方を自分の思う存分できるのも、今のこの仕事が、僕一人でほぼ完結した作業だからである。大学で研究をしていた頃は、自分一人ではなかった。スタッフがいるし、学生もいる。それでも、普通の会社よりは、融通が利いただろう。僕がすべてのスケジュールを決められるので、学生たちにも、大学の〆切よりも早く提出させることができた。しかし、一年もまえに〆切を設定することは、他者が関わる場合には無理だろう。

一般の仕事をしている人、会社員であれ自営であれ、仕事には相手、つまり客がいるし、取引先がある。なかなか自分のペースだけでものごとを進めるわけにはいかない。ただ、そういった気持ちというのか、早めに考え、早めに対処をすることで、余裕が生まれることは同じはずである。部分的にでも取り入れられるものがあるのではないだろうか。

分散が客観的視点を作る

また、分散型の進め方については、ほとんどの仕事が実は既に分散型である。誰でも複数の仕事を任されているはずで、それは、仕事上の地位が上がっていくほど、顕著になる。つまり、入社したてのうちは集中するものが絞られているが、リーダは、その全体を見回す立場にあるため、どこかに集中しようにも、そうはいかない。

会社自体が、かつてよりも多角経営になっているはずだ。これはリスクを分散させることで安定を得ることが一つの理由であり、大企業になるほど、ここまで話してきた、分散型にとっくに移行しているのである。

その辺りをもう一度確認したうえで、自分があまりにも、一つのことに拘り、集中しよう集中しようと力を入れすぎていないか、と振り返ってみてはいかがだろうか。

仕事が丁寧にできるし、トラブルにも慌てないですむ、というのは、客観的な判断ができることにつながる。これも、分散型の大きなメリットである。ただし、「客観」に価値があることを知らない人には、その意味はわからないだろう。

多くの人たちは、主観的な動機で行動している。主観的というのは、つまり感情的であることに近い。感情は主観によって発動されるものだからだ。

自分がどう感じるかは自由だし、主観的であることも、感情的であることも、けっして悪いことではない。人間的だと評価されるときだってある。素直に感情を表に出す人は、あるときはわかりやすく、他者の共感を呼ぶこともあるだろう。

しかし、社会においては、他者と少なからず競合する。特にビジネスは競合することが前提の活動だ。また、他者と協力し合うときにも、お互いに少しずつ譲り合う必要が生じる。足並みを揃える、歩み寄る、というのは、お互いが自分を制して、相手に一部を合わせることだからだ。

そうしたときに必要なものは、自分以外の視点でものごとを考えられる能力であり、これが、つまり主観の反対、客観という意味になる。

全体を俯瞰(ふかん)して見ることが、いろいろな局面で必要になるし、それができなければ、リーダにはなれない。広い視野を持っていないと、未来を予測することもできない。

　また、相手の立場だったら、という想像ができることが、人間の頭脳の特殊な能力であり、高い知性の証(あかし)でもある。人間関係は、この能力によって築かれるし、「気持ち」という言葉も、この想像力によって便宜的に用いられるようになったものだ。

　自分がやっていること、自分がしたいこと、そういった主観的な立場や欲望に集中することは、つまり周囲が見えていない状態であり、これではコミュニケーションも浅いものになるし、信頼できる人間だと認められることはない。その意味でも、視点を集中せず、いつも多視点で観察することが重要である。そんな姿勢が、かえって疲れない自然な思考と行動へと導くだろう。

第4章

考える力は「分散」と「発散」から生まれる

「抽象」と「具体」はどう違うか？

「分散」も「発散」も、ここまでは「集中しない」という意味でしか用いなかったので、両者を明確に区別しなかった。しかし、言葉の意味は違っている。分散とは、複数にシェアされている様子であり、発散とは、広がり散る動き、つまり分散されるときの変化を表している。一箇所だったものが細かく分かれて広い範囲に及ぶ様である。したがって、分散した仕事は、既にシェアされている状態を示すし、発散する仕事とは、つぎつぎと広がっていくプロセスを連想できる。

本章では、この「分散」と「発散」について、もう少し深く考えていくことになる。特に、行動ではなく、思考について考察したい。行動については、容易に想像ができるが、思考は目に見えないこともあって、言葉で説明しても、どうしても抽象的になりがちなので、それに注意しつつ、できるだけ具体的な例を挙げて話を進める。

今、抽象的になりがちだとか、具体的な例を挙げて、と書いたが、この抽象的、具体的という言葉は、非常に多く使われる表現であり、誰もがよく知っているものだと思う。しかし、それが本当に理解されているのか、と僕は疑っている。

具体的とは、個々の事象、目の前に実際にあって指が差せるもの、というようなイメージだ。それに対して、抽象的とは、言葉で表現されたぼんやりとしたイメージであって、だいたいのことはわかっても、実際にどれを示しているのか不明確なもの、と捉えられているだろう。

したがって、たとえば、「なんでも買ってあげるから、何が欲しいか言いなさい」と言われたとき、「なにか面白いもの」と答えるのが抽象的であるが、こんな返答をすると、「もっと具体的に言いなさい」と窘められることになる。そこで、「おもちゃ」あるいは、もっと限定的に、「機関車のおもちゃ」さらに具体的には、どこのメーカでどの型なのか、サイズはどれくらいなのか、と説明を加えなければならない。そうしないと買う方は困ってしまうだろう。

本人をおもちゃ屋に連れていき、実際に欲しいものを指差してもらうのが確実である。そうでなければ、名称や商品名で限定できるものでなければならない。その情報がないと、買うという行動ができない。行動することが、具体的な作用を伴うものだからである。

しかし、本当に何が欲しかったのかというと、その根源的な欲望は、単に「面白いもの」「好きなもの」だったはずである。したがって、実際に買ってもらえたその品物が、具体的に指し示したものであるにもかかわらず、面白くないときには、がっかりする結果になるだろう。なにしろ、面白そうだという推測をしていただけで、実際には遊んだことはないのだから、事前には知りようがなかったからだ。

この例からもわかるように、抽象的なものは本質を突いていて、正解に近いものであり、求めるものの正体に近づく指標となる。一方、具体的に示されたものは、単に物体が限定されるだけで、本質でない可能性もあり、もしその個体を見失えば、目標が消えてしまう。たとえば、商品名を聞いて買いにいったのに、品切れだった場合、代わりに何を選べば良いのかわからなくなる。

まとめると、抽象的は、行動を起こすにはやや困った表現ではあるが、具体的は、必ずしも正解ではない、ということになる。

何故、抽象的な思考が大切か？

ここで注目されるのは、具体的な表現は、限定することであり、あたかも視線を「集中」させるようなイメージを持つことだろう。逆に、抽象的な表現は、広い範囲の可能性を包含した形で取り扱うため、多分に精神の「分散」を想起させる。

具体的な話は、その当事者には興味を持って聞いてもらえるが、大勢を相手にする場合や、相手が何に興味を持っているのかわからないときには、抽象的な話をした方が通じる。

このことは、自分自身への働きかけでも同様で、たとえば思考が抽象的であることは、将来の広がりを持ち、柔軟で応用の利く理屈を持つことにつながる。具体的思考が、一本釣りなのに対して、抽象的な思考は、網で漁をするようなもの、といえばわかりやすいだろう。

たとえば、一つの作業をしている人に、「今何をしているの？」と尋ねれば、作っているそのものを答えるはずだ。ところが、沢山の作業を抱えている工場長に同じ質問をすると、「いろいろ作っていますよ、うちは」となる。固有のものではなく、作っているもののすべてを捉えた発言になる。「どんな工夫をしていますか？」と尋ねれば、一つの作業をしている人は、「ここのネジをさきに締めるようにしています」という工夫を幾つか語るだろう。しかし、工場長は、「個々の工夫を伝承することや、そういった工夫を設計段階へ還元することに努めている」と話すだろう。物言いは抽象的だから、聞いても何の話をしているのかわからない。しかし、そこには、いろいろなものに通じ、あるときは本質的な解決に結びつく可能性を持っている「発想」を予感させるものがある。

分散することは、こうして抽象的な視点、抽象的な思考に結びつくし、さらにそれが、もしかしたら、偶然に現れる「発想」が芽生えやすい土壌を作っていることになるかもしれない。この部分は、論証できるものではないが、僕自身は、そう「感じて」いる。これまでに自分が発想したときを振り返ると、つまりは、そういった土壌を過去に育てていた場合が多く、だからあのときあれを思いついたのかな、と思えるからだ。

もちろん、こうした抽象的思考というのは、発想を生むだけのものではない。応用が利くという点が最大の特徴であり、一つのノウハウ、あるいは複数のノウハウから、普遍的なノウハウを導くことにつながり、他分野における問題を解決するヒントになる。

機転が利く人の発想

世の中には、機転が利く人間がたまにいる。ちょっとした問題を、人よりも早く解決するので、あの人に相談すればなんとかなる、彼がいれば大丈夫だろう、という信頼を得る。この「機転が利く」というのは、ノウハウを沢山持っている、データベースのような人を示すのではない。つまり、経験によって築かれるものではない。もしそうなら、年寄りは皆、機転が利くはずである。同様に、既存のデータから学んだＡＩは、機転が利かないだろう。

そこには、人間の頭脳がなしえる「ジャンプ」があるためだ。これまでの解決は、大部分は「マニュアル化」されている。ＩＴ化されて、その検索は容易になった。近頃の人は、解決をネットに求め、すぐに検索をする。これは大事なことではあるけれど、目の前にある問題とまったく同じ問題が過去にあって、しかも既に解決されているときならばその方法が役に立つ。だが、実のところ、そもそも「問題」になるのは、そうではないからなのだ。

常に新しい条件があり、新しいことを行っている。人間も同じではないし、解決する手段も同じにはならない。かつて解決できた事例があっても、今は同じことができない、という例は多い。さて、目の前にある問題をどう処理すれば良いのか……。

こういったときに、過去の解決例も踏まえ、現場の条件に合わせ、問題を解決できるのが、「機転が利く」という意味である。そういうことができる人はたしかにいる。これは、学歴が高いとか、経験を積んでいる、という人ではない。しいて言うならば、子供の頃から機転を利かせてきた人間だ。

そういった人を僕も何人か知っているが、驚くべきことに、本人に自覚がなく、自分のノウハウを言葉で上手く説明できない人もいた。つまり、彼の中では、抽象的な概念として記憶されているだけで、人に伝えるほど具体的に処理されていないのだ。僕が、「つまり、こういうことですね?」とき返すと、「ああ、そうそう、そんな感じ」と頷くのである。機械の修理をする人など、技術者にこのタイプが多いように思う。

僕は、沢山のものを同時に作っている、という話をしたが、実際に作っているもの以外にも、これから作ろうとしているものを沢山頭の中にストックしている。そのうち、の大半は、しっかりとしたイメージさえない。こんなものが作りたいな、というだけである。

そんな抽象的な目標を沢山抱えていると、偶然目に飛び込んでくるいろいろなものに、ときどきふと目が留まる。ああ、これは使えそうだな、という予感がするし、これを利用したらもっと面白くなりそうだ、と考える。具体的に決めていないので、偶然思いついたものを簡単に取り込むことができる。ときには、最初に抱いていたイメージから大きく変更されることだってある。

たとえば、雑多な商品が並んでいる店（ホームセンタなどがそんな感じである）をぶらぶらと歩けば、見るものすべて、利用できそうで、足が止まってしまう。それは、今作っている機関車の一部分に利用できるかもしれないし、この仕組みがミステリィのトリックに使えそうだ、とも思う。機関車も小説も、僕の頭の中では、同列に並んでいるから、こういった発想ができる。今日はこれを探そう、と対象に集中した頭では、きっと見逃してしまうだろう。

集中思考をしている人は、自分の好きなものを決めつけ、そればかりを探しているから、どんどん見える範囲が狭くなっていく。深めればそれが専門になることもあるが、その道で大成するには、どこかで大局的な視点を持たなければならなくなるだろう。まして、一般の人であれば、ただ反応するだけに終始し、その対象も自分が好ましいと思うもの、自分が興味があるもの、自分の願望に沿ったものに限られるので、自ずと、発想は生まれず、いつまでも同じ領域でマンネリに陥るだけになる。

分散思考をしている人は、できるだけ対象から離れようとする本能的な方向性を持つようになる。これが、発散思考と呼べるだろう。どうしてそうなるのかといえば、分散思考をしているうちに発想したものが、まるで違う分野、遠い場所からヒントを見つけた結果であり、思わぬ得をした経験が重なるためである。だから、今まで自分が見ていない領域へ足を踏み入れようとする。まだ新しいものがあるはずだ、と常に探している。自分の好き嫌いに関係はないし、また自分の願望あるいは意見にも関わらない。そうではなく、自分が持っている信念を打ち砕くようなものに出会いたいと思っているからだ。

このような姿勢でいれば、自然に、自分と意見が合わない人にも構えずに接するようになるので、差別や区別をしないし、他人を尊重する人格が形成されるはずである。

文系は言葉に頼りすぎる

もう一つ例を挙げよう。日本には、文系と理系の区別があって、人間のタイプまでこれで分けてしまう風土がある。僕は、この区別はナンセンスであるとときどき書いているのだが、現にその区別があることは認めざるをえないし、こういった区別をなくすためにも、お互いのことを知り、自分にないものを取り入れる努力をした方が得だと思っている。そのうえであえて書くのであるが……。

文系の人から見ると、理系の人は、もの凄く集中した一点を見ているように感じられるだろう。たしかに、数式だけに集中していたり、専門分野の話しか通じなかったりするオタクっぽい人もいるかもしれない。だが、逆に理系から見ると、「自分は文系だから」と口にする人間は、数学、物理、あるいは科学を見ないように避けている人たちであって、その広大な文化領域に踏み込むことを恐れているみたいである。その目を逸らす行為が、見事に「集中」なのである。

文系の人は、理系は数字に拘っていると言うが、文系の人は言葉に拘っている。なんでも言葉で処理しようとする。「安全なのかどうか」と決めてほしがる。そこには、リスクのパーセンテージのように、数字で示すような柔軟性がない。〇か百パーセントかを迫るのが「言葉」だからだ。

言葉がいくつあるのか知らないが、少なくとも数字のように無限にはない。というよりも、言葉で表すことができないから数字ができたともいえる。どちらも記号にはちがいないが、アナログな量や、計算の過程などは、文字よりも数字が対象を明確に示すだろう。

大事なことは、いずれも必要だというだけのことだ。「自分は〇系だから」と別分野を拒む姿勢こそが問題であり、特にその傾向は文系の方が強いように観察される。理系の人間は、理系だからといって文系を排除していない場合が多い。

一見、文系はジェネラルで、理系はスペシャルと捉えがちであるけれど、その見方が文系的なものだ。また、「専門」という言葉も、狭い範囲に集中することを示すように見えるが、実はむしろ、その中にある広大なエリアを扱っている。その中に入れば、外の方が狭く見えるのである。それは、ちょうど、宇宙を観察する天文学のようなものだ。地球で生活する人間からみれば、それは望遠鏡の覗き口のように一点かもしれない。社会のさまざまな事象に目を向けず、そんな小さな一点に集中するなんて変人だ、と思っているかもしれない。しかし、宇宙を観察している人間は、もちろん、地球の小ささ、人間の歴史の刹那(せつな)さを感じるだろう。どちらが、広いものを見ているだろうか。よく、「そんな研究が何の役に立つのか?」という言葉を聞く。ついこのまえも、「三角関数なんか学校で教えても、社会に出て役に立たないではないか」と発言した政治家がいたらしい。

こういった発言は、「自分の役に立つことがすべてだ」という極めて集中した思考に基づいているだろう。自分や、自分の利益しか見えていない。それを言う人には、逆にこう尋ねたくなる。「あなたは、何の役に立つのですか?」と。あるいは、「役に立つこと以外に、価値はないのですか?」と。

音楽も絵画も、社会の役に立っているだろうか。天文学も数学も、本来は役に立てようとして始まったものではあるけれど、それ以前に、その探求が人間の価値だったのではないのか。これは、役に立たない大学、役に立たない研究者を抱える社会や国家の価値を問うものである。そういった純粋な探求をする姿勢に、人は憧れるし、なんとなく清々(すがすが)しく感じるものだが、それはどうしてなのか。役に立つことだけに集中したいのであれば、それこそすべて機械化すれば理想の社会になるだろう。しかし、そうではないことを、なんとなく人間は知っているのである。知っているから、そういったものに時間、労力、資金を投じて探求してきた。それが間違いだったと主張する人は、人間の価値を見誤っているのではないだろうか。

「考える」ことへの勘違い

さて、少し話題が発散したかもしれない。

このように、思考は、ついつい発散するものである。発散して本来目指していた目標から離れすぎてしまうこともあるが、しかし、これがまんざら悪いとばかりもいえない。話が発散するのはまずいと考えるのは、「集中が善である」という固定観念があるからにすぎない。

発散するといっても、その瞬間瞬間では、人の思考は集中しているから、分散した沢山の点のうちの一つから、線を引き始めるようなもので、その線自体はつながっている。これがあまり長くなると、もともとどの点にいたのかわからなくなる。また、他の点のどれかに戻り、別の線を引く、というのが分散思考の本来である。

ただ、これは面白い、ここをもっと考えたいということが当然ある。そういった欲望を人は持っている。だから、そこは兼ね合いになるだろう。自分は今何を考えようとしていたのか、という自覚がときどきあれば、全体を見失うことはない。

多くの人は、「分散思考をするにはどうすれば良いのか?」と尋ねるだろう。その方法がないこと、それを自分で考えることが大事だ、とは既に述べたが、日頃多くの若者に接して(否、若者に限らないかもしれない)、どうもこの「考える」の意味を大勢が誤解しているようだ、と最近気づいた。

こんなふうに目標を定めず、とにかく走りなさい、と言われても、「どうやって走ればば良いですか?」と疑問を持つ。とりあえず、どちらへ走れば良いのか、ということだろう。あるいは、「自分の足で走りなさい」と言われても、走ることは無意識にやっているわけであって、走り方自体を知らない人も多いということかもしれない。

物心ついた頃から、今は周囲の大人たちが世話を焼いてくれる。こうしなさい、ああしなさいはもとより、どう反応すれば良いかも教えてくれる。子供はただ、大人が喜んでくれるように繰り返せば良いだけだ。もう少し成長すれば、世話をしてくれるのがネットワーク（友人関係とＳＮＳなど）になる。周囲のみんながどう反応するかで、自分も同じようにしていれば仲間外れにならないことを学ぶ。

たしかに、「学ぶ」ことは沢山あるから、どんどん価値観やノウハウのデータを吸収する。学んだことから、それに則して反応すれば、学校の成績も維持できる。もし、新しいものが現れたり、わからないことがあれば、ネットで検索すれば良い。

こういった社会に育つと、「考える」チャンスがほとんどないといっても良い。

多くの場合、頭に思い浮かべて、ただ選択する、あるいは反応する、という程度である。それが「考える」ことだと思い込んでいる。また、大多数の人たちは、「学ぶ」ことが「考える」ことだと勘違いしている。「学ぶ」とは、頭にインプットすること、知識を入れて覚えるだけのことだが、「考える」とは、それらインプットしたものを用いて頭の中で理屈を組み立てること、仮説を作ることなのである。脳の活動として、まったく異なっている。

今の若者に多いのは、まず「考えよう」として、頭で問題を思い浮かべるものの、すぐに「わからない」という結論になる。頭に思い浮かべているだけであり、ぼうっとしているのと変わらない状態である。そして、わからないのは、自分がこの問題を「知らない」からだ、とすぐに結論を出す。では、「知る」ためにどうすれば良いかといえば、調べる、検索する、誰かに教えてもらう、という行動しかない。今は、調べるのも、検索するのも、教えてもらうのも、とても手軽にいつでもできるようになったから、すぐにそこに飛びつく。

これらが簡単にできない時代の子供たちはどうしていたかというと、しかたがないから、自分で考えたのだ。「何故だろう?」「どうしてなのだろう?」と考えているうちに、自分の頭の中から、「もしかしてこれかな」「いや、それよりもこうではないのか」といろいろと浮かび上がってくる。「以前にも似たような問題を考えたが、あのときとの違いはここととここか」とか、「今回も同じような答なのではないか」とか、そんな連想や仮説が沢山頭の中で巡る。

このように自分で考えた子供が、あるとき図書館でその関連の本を見つけると、もしかして自分が考えたものの答があるのではないか、とわくわくしてそれを読むだろう。なにも考えていない子供に対して、大人が「この本を読みなさい」と与えた場合と、理解度が違ってくるのは歴然としている。好奇心というものは、このように自分の頭で考えるほど大きくなるものだ。

「どうすれば考える子供になりますか?」という質問をよく受ける。そういう質問をするのは、考えていない親だ。自分が考えていないから、考えるということの意味がわかっていない。難しいことではない。人間は、なにもすることがなければ考える生き物である。ようするに、なにも与えなければ、自分の頭の中で自分が欲しいものを作るようになる。

これは、「教育」においても同様で、教えようとするほど効果が上がらない。楽しく学べるようにしようと考えるほど、楽しさなんか見つけられない。ただ、大人が喜ぶよう顔色を窺い、空気が読める均一的な人間になりやすいというだけである。

「だったらどうすれば良いのか？」とまたききたくなったのではないか。そう、それが間違っていることは自明である。

リーダとは問題を与える人

人間は、次から次へと沢山のことを思い浮かべる分散思考を、生まれたときからしているのだろう。子供を観察すれば、それが確信できる。また、なにかに集中しようとしても、頭の中では考えは発散し、そのうちに、その発散した状況から、ふと我に返り、現実を見つめ直す。「そうか、今はこれをしていたんだ」と思い出す。そもそも、そういう頭をみんなが持っている。

そんな人間を大勢集めて、同じ作業をさせようとしたから、「集中しなさい」という方針が生まれたのだ。本来の頭の使い方に逆らった方針といえる。それは、貧しい時代の産物であり、大勢で土地を耕したり、あるいは戦争をしたりするときの人海戦術では不可欠なものだった。今はそういう時代ではない。

現在既に、すべての仕事が切り替わったとはとてもいえない。単純な作業であっても人間の労働力はまだ必要とされている。しかし、以前からわかっていたことは、大勢をリードする立場の人間は、少なくとも、集中思考が向かないということだった。そこでは、発想できることが重要視されたからだ。

子供のときから、沢山の試験を課せられる。試験というのは、問題を解く作業である。この作業に優れた者が、学力があるとされ、良い大学へ行けるし、良い仕事に就ける可能性が高くなる。何故なら、多くの仕事において、作業の大部分は与えられた問題を解くことだったからだ。この場合、必要なのは、その与えられた問題に集中する頭脳である。問題を解くとは、多くは「計算」だ。もちろん、幾つか細かい発想が必要であり、また、知識を応用する能力も駆使することになるが、とにかく解くべき問題がある、ということで余所見(よそみ)をしなくてもすむ。

しかし、リーダになる人間は必ずしもそうではない。リーダとは、自分が抱える部下たちに「問題を与える人」のことである。問題は、リーダが作るのだ。さらに上から与えられるという場合もないわけではないが、それではリーダが必要ないし、いずれその組織は傾くだろう。新しい問題を見つけることがリーダの役目なのだ。

問題を作るには、どこに集中すれば良いだろうか。

ある程度の候補は幾つかあるはずだが、しかし、できるだけ広い範囲に興味を向け、ここに解くべき問題（つまり仕事）がありそうだ、というところを探す。そんな分散型の作業になるはずである。なにか一つの作業に集中して問題が作れるなんてことはまずありえない。

逆にいえば、問題が見つかれば、その解決は部下に任せられる。将来的には、機械にすべて任せられるようになる。したがって、ほんの一部の人間が考えれば、組織は仕事ができる。機械が仕事をするなら、大衆は遊んでいれば良い。

成功する人は一つのことに集中しない

現在の自由社会というのは、人間の歴史の中でほんの最近のことである。誰でも、自分の好きなことができるようになった。しかし、もちろん制約がある。たとえば、高価なものは欲しくても買えない。知らないうちに格差ができて、自由な人と不自由な人に分かれてしまった。そんななかで、自分はもっと自由になりたい、と思えば、なんとか成功して社会で認められたい、と夢を描くだろう。成功した人の例を参考にして、同じようにすれば良いのか、とも想像し、憧れが、前例の模倣へとステップアップする。

しかし、憧れの人、その人の方法論、というものに集中しているうちは、おそらく成功はありえない。

そもそも、何故成功したのかといえば、それはその時代にあって、誰よりも早く新しいものを生み出したからだ。誰も思いもしなかった発想があって、誰も見向きもしなかったものを実行したからである。まるで一つのことに集中して、一心不乱にやり遂げたように語られることが多いが、実はそうではない。あらゆるものを検討し、既存のものに集中せず、柔軟に対処した結果である。

そこにあるのは、集中ではなく、分散だったはずだ。多くを見回し、たまたま見つけたものが育ったのだろう。既にあった問題を解決したのではなく、新しい問題を見つけ、それを解いた結果なのである。

研究者と作家の共通点

僕は、研究者と作家の二つの職業にしか就いたことがない。バイトはしたことがあるが、それを除けばである。この二つの仕事は、いずれも問題を解く作業ではない。問題を作る仕事なのだ。

まず、研究者だが、そもそも研究とは、問題を見つけることから始まる。このような問題がありますから解いて下さい、と与えられるのではない。与えられるのは、大学の卒論か修論レベルの場合だけ。少なくとも博士論文ならば、まず問題を見つけることが、研究の大部分になる。

もし、問題が見つかれば、それについて既往の研究成果を調べ、考え始めることができる。問題がさらに絞られてくれば、実験をしたり、あるいは新たな調査をしたりする。そのプロセスでは、手法や仮説など、新しい発想がなければ、前に進めなくなることが何度もあるが、基本的に、最初に問題を見つけたところから始まっている一連の作業といえる。ある意味、一つでも課題を自分で見つけられれば、もう一人前の研究者である。

そういった問題を、複数抱えているのが普通だ。なにしろ、探求しても答の出ない問題かもしれないし、自分以外の人が解決してしまうと、問題自体が消えてしまうから、できるだけ複数に分散させて、リスクを避けているともいえる。

問題を見つけることは、「さあ、これで何を考えれば良いかがわかった」という喜びを伴う。スタートできる、思い切り走ることができる、という爽快さだ。

また、作家も、問題を見つけることが、肝心要の作業といえる。問題を見つけさえすれば、あとはすらすらと書いていくだけだ。

ミステリィ小説は、一般の読者に問題を解いてもらう形式のものともいえるが、そういう意味の「問題」ではない。仕掛けられたトリックが問題なのではない。むしろ、ミステリィ小説は、最初から何が問題なのか、ある程度絞られた分野である。つまり、謎を提示して、事件を起こせば良い、というように、考える対象が絞られているので、何を考えれば良いのかが明らかで、作り手にしてみると、取っ付きやすい、ある意味、考えやすいジャンルがミステリィなのだ。執筆するとき、非常に着手しやすい。僕がデビュー作にミステリィを選んだのも、このためだった。なにしろ、それまで小説など書いたことはなかったので、作業の困難さが少ないところ、攻めやすいところを攻めたわけである。

問題を見つけるとは、もっと簡単にいえば、どんな作品を書くのかということである。何を扱い、どこに着目するか、そして、それはどう新しいのか、という点を考える。新しさがなければ、書く意味がない。創作というのは、基本的にそういうものである。問題は、しっかりと言葉で説明ができる場合と、そうではなく言葉にならないような場合がある。それでも、ぼんやりとこんな感じ、ということは頭に思い描ける。それさえ思いつけば、あとは文字を並べていく単純作業が待っているだけだ。たとえば、短編小説であれば、「こんな雰囲気」みたいなイメージを思い描くことができれば、もうキーボードを打つことができる。

問題を探す頭は、まちがいなく分散思考、発散思考をしている。そして、なんらかの発想を得て、それからさきは、集中思考で問題を解決していく。つまり、その発想に基づいて、現実的な表現に落とし込んでいく作業である。

研究の場合と同様に、一つの作品を執筆している過程で、なんらかの問題にぶつかることがあるし、また、新たな発想を得て、思わぬ方向へ軌道修正することもある。そのつど、やはり発想が起点となるが、執筆しながらもそれらを思いつくわけだから、集中していようで、分散した思考をしている証拠でもある。

分散思考の一部は、別の言葉にすると「連想」であり、このようなリンクによって、あるときは離れたところへ「ジャンプ」する。そうなると、もう「発想」といえるものに近くなる。

「個性」はどのように作られるか？

結局、読み手はこの発想の部分に、作家の個性を見ることになるだろう。それは「文体」のような技法ではない。「視点」と呼ぶのが近いように思う。何を書くのか、というそのときどきの視点移動こそが、作家の特質であり、もしかしたら、「才能」と呼ばれるものかもしれない。ただ、才能は誰にでもある。それを「個性」と呼ぶのだ。人の真似をして作られるものではない。各自の頭が考え、頭脳のニューラルネットが構築され、長い時間をかけて形成されるものだから、たとえ真似をしても、少なくとも十数年の時間がかかるものと思われる。それくらいの時間を、どんな頭脳も経て今の「才能」あるいは「個性」がある。

そんな「才能」あるいは「個性」というものも、集中思考で現れるものではない。集中した思考は、計算であり、結果として、技術として評価される。したがって、集中思考は、他者によってトレースができる。それらは、ある程度文章化も可能で、ノウハウとして伝達できる。つまり、「小説の書き方」のようなものにまとめられるものである。将来は、ＡＩが最初にマスタするところとなるだろう。

しかし、分散思考に依存している「才能」や「個性」は、そういったマニュアル化ができない（あるいは難しい）。したがって、初期のＡＩの作品には、それが感じられない結果になるはずだ。ＡＩも自分で考え、ある程度の時間を経なければ、「個性」を生み出せないだろう。

もちろん、人間でも同じで、学ぶことができるのは、計算と技法であり、個性は教えることも、真似をすることも難しい。それは、分散思考を自分の頭で行うしかなく、そんな土壌で自然に芽生え、生長するものだからである。

第5章

思考にはリラックスが必要である

リラックスの効能

分散思考には、具体的にこうしなさいという方法がない、と書いた。だから、この本にはそれが書けない。それでも、なにか少しでもヒントになるようなことがないのか、という声は当然出てくるだろう。本章では、なんとか頭を捻って、その辺りの具体的な対策を幾つか挙げてみようと思う。

ただし、僕は自分の頭しか持ったことがないし、六十年間の試行錯誤の結果であったとしても、これが大勢の人の頭に適用できるとはとうてい考えられない。そこまでの自信はまったくない。したがって、各自が自分に当てはめて、これはできそうだと思うものを試していただきたい。そんなことをするうちに、自分に適したやり方が見つかるのではないか、とも期待するところである。

集中思考には、ある程度緊張していた方が良い。気合いが入っていた方が、計算は速い。あまりに緊張してはいけないので、「肩の力を抜く」というアドバイスはあるけれど、基本的に力が籠もっているからできるものが「集中」だろう。

これに対して、分散思考は、明らかにリラックスしている方が適しているようだ。これは、創作的な仕事をする多くの人が証言していることからもわかる。海へ行かないと書けないという作家がいたり、酔っ払わないと曲が浮かばないという作曲家がいたりする。創作の仕事場というのは、だいたい室内で、限られた場所であるから、多くのクリエイタは、旅行を好む。頭をリラックスさせ、集中させないことが、いかに大事な条件であるかを知っているのだろう。

分散思考は、分散した行動とも相性が良いから、いろいろな体験をする、無関係なことに手を出す、といったことも良い条件となるだろう。

リラックスしている頭から、発想が生まれるのは、いったい頭脳のどんなメカニズムによるものなのかわからない。ただ、一ついえるのは、なにかに集中している状態では、頭の別のところで浮かぶちょっとした信号を見逃してしまうのではないか、ということだ。集中とは、目標以外の大部分を遮断することであるから、当然そんなイメージを持つのだが、右脳とか左脳とか、いろいろこの種の研究がなされているので、そのうちメカニズムが科学的に解明されるのではないか（解明されても、それが利用できるとは限らないが）。

「リラックスしていれば良いのか、それなら簡単だ」と思われるかもしれない。それは少し違う。たとえば、最高にリラックスできるのは、寝ることだと思う。実際、僕は夢をよく見て、夢の中で問題を解決するヒントを思いつくことが多いが、これは、寝ていてもリラックスできていないような気がして、むしろあまり嬉しくない。

普通は、熟睡していればなにも思いつかないだろう（熟睡中は夢も見ないとも聞いた）。また、リラックスしたいからといって、たとえば、テニスをしたり、ライブに行ったりすると、それらに熱中しすぎることになり、結局その間に発想があるということはまず起こらない。テニスをしているときはボールに集中しているし、ライブだったらステージのアーティストや音に集中していて、決してリラックスした状態ではないからだ。

躰がリラックスしているのと、頭がリラックスしているのも、おそらく同じではない。たとえば、マッサージを受けて躰はリラックスしていても、そのとき難しい問題を考えたり、心配事を悩んだりすることができる。逆に、ジョギングをしているときに、頭がリラックスしている場合もあるだろう。

頭をストレスから解放し、リラックスした状態にすることは、思いのほか難しい。そもそも、「なにも考えない」ことが簡単ではない。瞑想や座禅のようなもので、修行を積まないとできないくらいの難しい「技」だろう。

僕が想像するに、なにも考えない状態にするには、なにか一点を見つめたり、感じたりする以外になくて、結局は、集中している状態と等しい。とてもリラックスしているとは言い難い。滝に打たれていれば、なにも考えないかもしれないが、そんな過酷な修行中に、面白い発想が生まれるだろうか？　もし生まれそうだという方は、試してみる価値はあるかもしれないが。

頭をリラックスさせるには

このリラックスした頭の使い方というのは、どうしたら実現できるか、とリラックスして考えてみた。

まず一つ思いついたのは、自信を持たないことである。

自分は馬鹿だと思い込む。自分の頭では無理だ、と考える。実際にそれを口にするのはやめた方が賢明だが、そうではなく、自分の中で、自分を低く見るのである。そうすれば、問題に対して謙虚になれるし、どうせ解けないのだから駄目元で、とだらだらと考えることができる。自分には絶対にこれが解けるはずだ、と思うから緊張して力が入ってしまう。そうならないようにする、ということ。

最近はあまりいないようだが、馬鹿な振りをする人というのは、けっこういたものである。口癖のように、「俺の頭じゃちょっと無理だよ」などと言う。そうやって相手を油断させたいのか、相対的に持ち上げるお世辞と同じ技法なのかもしれない。ところが、最近では、小さい頃から周囲の大人に煽(おだ)てられ、自信を持った人格が作られているから、ついつい周囲に対しても見栄を張る人間が多くなったようだ。こういう人は、頭がリラックスできない。いつもぴりぴりしているだろう。

大袈裟に謙(へりくだ)るのもいやらしいもので、あまりおすすめできないが、とにかく無理に自分を高く見せないことは大事だと思う。特に自分に対して、そんな特別な頭じゃないんだから、といつもゆったり構えていた方がリラックスできる。

ただ、リラックスしたからといって、たちまち発想が出てくるというわけではない。そこはやはり、問題に取り組む時間があって、長く考え続ける努力を経たうえでの話である。

結局、最も簡単にリラックスできるのは、緩急を織り交ぜることだろう。集中して考え、ふとそこから頭を解放する。こうすることが、リラックスを確実に実現できる方法といえる。

分散型の作業をしていると、この緩急が自然につけられる。集中して取り組み、キリの悪いところで、また別の作業へ移ると、やはりどこかほっとする。頭も切り替わる。その切り替わることでリラックスできる、ということである。集中しすぎている状態から、一呼吸するみたいな感覚といえる。

それに、目を使うもの、手を使うもの、頭を使うものと、作業によって躰の別の部位が前面に出るから、これらが切り替わることで、集中していた部位は解放される。違う作業をすれば、違う筋肉を使うのと同じように、頭の中でも別の部位が働くのかもしれない。小説を書き、工作をして、庭仕事をする、そしてまた小説に戻れば、そのときには、小説脳はリラックスしているという理屈である。

もちろん、そういった理屈があってこの手法を採用しているわけではない。単に疲れないし、調子が良いので、試行錯誤の結果この方法に行き着いたというだけだ。僕以外の人も同じかどうかはわからない。

しかし、少なくとも、ある仕事に「集中しよう」と焦ることは無意味だし、自分に鞭打って同じ作業を馬車馬のように進めようとしても、ちっとも捗(はかど)らないことはあるだろう。たとえば、すぐに眠くなったりするし、ほかのことばかり考えてしまったりする。それは、もしかしたら、あなたの頭脳が、自分のやり方は違うと主張しているのではないだろうか。

眠くなっているとき、ちょっと別のことを始めてみると、眠気が去って、たちまち頭が冴えてくる、という経験はないだろうか?

よくよく自分の頭や躰の反応を観察し、どうすれば上手く使えるか、どんな傾向があるのか、と考えれば良いだけである。本に書いてあった方法だから、TVでやっていたことだから、と安易に信じないこと。それくらい人それぞれ違っていて当たり前なのである。

世の中の常識を疑う

世の中には、統計に基づいた研究が多く、そこからこうすればこうなる、という方法論を導こうとするが、それは、そんな傾向が平均的に認められるというだけの意味であって、個々の問題を解決するものではない。つまり、あなたに適用できる保証はまったくない。試してみる価値くらいはあるが、試すまえから、だいたい自分に合いそうかどうかがわかるのではないか。

僕は、子供の頃から、自分が人と同じでないと気づくことが多かったので、自分のことは自分で考えなければならないな、と子供心に決心をした。たとえば、躰が弱かったので散々薬を飲まされたのだが、気分が悪くなるものばかりで、ちっとも効かなかった。だから、大人になってからは薬を一切飲まないことにした。食事の回数も減らしたら、体調が良くなったので、そうしている。朝食を食べないと駄目だ、という物言いはしばしば聞かれるけれど、少なくとも僕には当てはまらない。腹が空いている方が気持ちが良いし、確実に頭は働く。

変な例だが、百歳を超える長寿の人が、一日に何本煙草を吸っているかを調査したとしよう。九割の人は吸っていなかったが、一割の人は毎日二十本吸っていた。そうなると、この統計から、一日に二本の煙草を吸うことが長寿の秘訣だという結果になる。平均というのはそういう数字なのだ。

僕は、人の名前が覚えられない。固有名詞の記憶が苦手である。これは、歳を取っていれば普通のことかもしれないが、僕の場合、子供の頃からそうだった。教科書に載っている歴史上の人物の名前が覚えられない。その人の顔を思い描くことはできるし、漢字で五文字だった、教科書の左下に載っていた、ということは覚えていても、その名前にピントが合わない。そういうぼんやりとした（映像による）記憶のし方なのだ。

その人が何をして、どんなことで有名なのかも、抽象的になら答えられるのに、名前が言えないというだけで試験では点数が取れない。世の中では、それを「知らない」と評価する。たとえその人物の似顔絵が描けても、それは知っていることにならないのである。

僕は、それで落ち込むということはなく、そんな世の中の方が間違っているのだから、自分はとにかく、固有名詞を覚えるのをやめようと決めた。中学生くらいだったと思う。漢字の読み方なども、覚えられない。書き方も曖昧にしか覚えていない。英語であれば、スペルが精確に覚えられない。問題に出るほとんどの英文を訳せたけれど、それでは点数が大して取れない。具体的で精密な「知識」がないから、ほとんどの教科は偏差値以下になってしまう。

僕は、たいていのことを不自由なく「わかる」ことができるのに、それを「知らない」と判断されるのである。

しかし、数学と物理は、なにも覚えなくても答えることができたので、なんとか国立の大学に入学できたのは、この二つの科目で点数を稼げたからである。

就職したのは近県の国立大学工学部の助手（現在の助教）だった。その後、仕事で文章を書けるようになり、だんだん文章が読めるようになった。最も助かったのは、ワープロの登場である。漢字が精確に書けなくても作文ができるようになった。英語もスペルはコンピュータが直してくれる。ぼんやりとした知識であっても、こうした機器を補助として使える時代になった、ということだ。

逆にいえば、どうしてそんな細かいことまで記憶させなければならないのか、と僕は今でも思っている。記憶に向く頭脳の人はたしかにいて、そういう人は試験に向いている。しかし、そうでない頭脳もあるし、そうでないけれど、別の能力を発揮できる頭脳もあるということ。

「固有名詞」の功罪

今になって振り返ると、この細かいことを覚えなかったことが、抽象的にものごとを捉える頭脳を鍛えたのではないか、と思える。

覚えないし、思い込まないし、決めつけない。僕にはそういう傾向があって、これが、研究者のときにはとても役に立った。そして、小説家になっても、結局これが僕の個性となり、仕事として成立させる要因となったのではないだろうか。

固有名詞を覚えていないと、他者に伝達するときに、ずばり指摘できないから不便だ。だから、僕はその固有名詞に関連する沢山のキーワードを語る。たとえば、人物だったら、見た目を説明したり、どんな癖があるか、なにをいつもしているか、そんなプロフィールを説明する。だいたい、それを聞いて、人物名を教えてくれるのは、僕の奥様（あえて敬称）である。彼女は何でも固有名詞で覚えている人で、得意分野なのだ。だが、彼女は必ず固有名詞で伝えようとする。たとえば、店の名前を言う。僕にはそれが通じないから、いろいろ質問をすることになる。「どこの店？」「いつ行った？」などである。ところが、彼女はそういった関連データの記憶があやふやなため、場所も示せないし、いつ行ったかも記憶していない。こういうちぐはぐさで、夫婦関係の危機に陥ることもしばしばである。

おそらく、僕の奥様は、平均的というか多数派だろう。一般の方は、固有名詞を記憶することで、それ以外のデータを忘れてしまう傾向がある。固有名詞の記憶には、そういう効果があるからだ。子供のうちはいろいろな観察をしているけれど、大人はそれを名前で処理している。名前を覚えることで、記憶すべきデータを少なくする。省エネであり、楽だからだ。

でも、広く読まれる文章を書いたり、大勢にものごとを説明するときには、いつも名称を言えばそれで通じるということはない。たとえば、それが専門用語だったら、もう通じなくなる。ここで、「そんなことも知らないのか。あとで検索しておいて」と怒ってしまう人もいるだろう。作家は、それでは済まない。僕は、いろいろなものを形容できるので、苦労なく文章を書いている。そして、固有名詞がどうしても必要なときは、ちょっと調べれば良いだけだ。そのためのキーワードは幾つも覚えているから、簡単である。

固有名詞は、そのものを示す「集中」記号なのだ。沢山のデータがもともとそれに伴っていたはずなのに、その一つを覚える「集中記憶」が合理的だということである。僕が、説明するための関連データを持っているのは、明らかに「分散記憶」である。分散して数々のデータを持っていれば、仮にどれかを忘れても残りのものでなんとかなる。すべてを忘れることは滅多にない。しかし、集中記憶は、一つ忘れれば、もうコミュニケーションができない、という事態に陥る。

言語化すると失われるものとは

沢山のデータを頭に格納することは、それだけ頭脳のメモリィを消費するので、省エネとはいえないかもしれない。しかし、人間の頭脳は本来、画像を記憶できる。誰だって、人の顔を識別できる。言葉で説明できないのに、顔は記憶しているのだ。

僕は、人の顔は一度会ったら忘れない。ピントはしだいにぼけてくるが、長く誰なのかは判別できる（名前は出てこないが）。つい先日も、あの顔は知っている、と思ったのだが、誰なのか思い出せず、しばらく考えていた。そして、三十年まえに通った自動車学校の受付の女性だ、と気づいた。三十年経っても、人の顔が識別できる。

この画像の記憶は、言葉や記号よりもずっと解像度が高く、多くのメモリィを必要とする。コンピュータのファイルを見れば一目瞭然だが、小説一作と一枚の小さな写真がほぼ同じメモリィ量だったりする。

つまり、人間の頭脳には本来それだけの容量があるということ。それを、たった一つの言葉に置き換えてしまうというのは、宝の持ち腐れといっても良いだろう。もしかしたら、使わないから、老化が早まるのではないか。その一つの言葉が出てこなくなると、もう話ができなくなってしまうのも、しばしば老人に見られる傾向といえる。

言葉というのは、人類最大の発明品であり、これによって飛躍的な発展があったことは想像に難くない。しかし、言語によって失われたものもある、ということをときどき思い出したい。どんなものにも、メリットとデメリットがある。言葉や記号の登場によって、本来個々の頭脳が記憶したり処理したりしていたデータが共有化されたことが一番のメリットであるけれど、このとき単純化が行われ、大部分のものが失われた。完全に失われたわけではないが、出力されなくなった。出力しても通じないからだ。

言語の支配は、思考にも及ぶ。人は、言葉で考えるようになった。これは、頭脳の本来の処理能力を充分に活かしていない可能性もある。さらに、IT化され、人間の頭脳の負担は軽減された。まともに考える人が少なくなった。

考えているといっても、ただ、わからないわからない、という言葉が巡っているだけだったり、悩んでいるといっても、ただ、困った困った、という言葉だけが頭に浮かんでいるにすぎない。どうすれば良いのか、いろいろな可能性を想像し、沢山の選択肢の成功確率を予測するといった思考は行われない。わからない、困った、という言葉に集中しているだけで、自分が置かれた状況を、別の視点から観察することもないし、相手の立場を想像することもない。

人によっては、人間は言葉でしか考えない、言葉を知らなければ考えない、と言いきる人もいる。その人はそうなのかもしれない。僕は、頭で考えることの九割は、言葉ではない。僕がメモをしないのはそのためだ。思いついたことは、すぐに言葉にはならないものがほとんどだからだ。でも、忘れないように、と無理に言葉にすることもたまにある。そんなとき、あとでそのメモされた言葉を見ても、どんな発想だったか思い出せないことがある。言葉にすることで、安心してしまい、人は多くの発想を見逃してしまうのだ。

結論を急いではならない

「リンゴは赤い」という言葉を知ると、子供はリンゴの絵を描くときに赤いクレヨンを塗るだろう。本当にそんな色なのだろうか。言葉を知らない子供ならば、自分が見たものを素直に描く。リンゴという名だとわからなくても、それを認識しているし、美味しいという言葉を知らなくても、その味を覚えている。実際、リンゴが赤いと思い込んでいるのは日本人だけである。ヨーロッパでは、リンゴは黄緑が普通で、「リンゴ色」とは明るいグリーンのことだ。

「安全」と宣言されれば安心する。「放射線」と言われるだけで近寄れないほど恐ろしいものだと警戒する。だが、自動車も鉄道も飛行機も、あるいは普通の橋、道路、建築物も絶対に安全なものは存在しない。どんなものにもリスクはある。放射線は、人間が作り出した悪魔の産物ではない。自然界に普通に存在するものであり、どこにでも放射線は降り注いでいるし、みんな毎日浴びている。強い放射線は危険だが、たとえば炎に近づくことはできないのと似ている。近づけばたちまち焼け死んでしまう。人間は太古の時代に火を手に入れた。これも自然界にあったものを、どう使えば比較的安全かを学んだだけのことだ。しかし、火がない生活を想像できるだろうか。どれだけ人類の文明に火が貢献したか考えてもらいたい。でも、火は絶対に安全とはいえない。

どんなものにも、いろいろな面がある。一方向から眺めているだけでは本質を見極めることはできない。また、見極める必要もない。観察できるものを素直に受け止め、清濁を併せ呑んで理解すれば良い。そのためには、ものごとに集中しない、拘らない、思い込まない、信じ込まない、ということが重要であり、いつもあれこれ考えを巡らす分散思考が少し役に立つ。絶対に役に立つとか、すべてこれでいける、というものではない。それでは、「分散」の意味がなくなってしまう。

結論を急がず、頭をリラックスさせる時間を持つことが、まずは分散思考のための畑を耕す作業になる。すぐに芽が出るものではない。そこはじっくりと、そして優しく眺めて待つしかないだろう。

他者に対しても、リラックスして接していれば、小さなことで頭に来ることもないし、また、見えなかった価値にも気づく余裕ができる。

そんな姿勢でいれば、なにか気持ちまでゆったりとしてくるので、べつに優れた発想が出てこなくても、穏やかな毎日が送れるかもしれない。

第6章

「集中できない」感情の悩みに答える

仕事とライフスタイルを切り離す

集中しないでも仕事ができる、ということを述べてきたが、本章では、仕事以外でも、このようなスタイルが活かせないか、という観点から話を進めたい。

本来、人生がさきにある。仕事は人生の一部だ。仕事をしないと生きていけないので、仕事は生きるための手段の一つといえるが、人生の目的ではない。それは、呼吸をしなければ生きられないが、呼吸をするために生きているのではないのと同じだ。

とはいえ、これまでの社会は、仕事が中心であり、人間の価値の大部分が、その人が就いている職業によって評価されていた。「将来何になりたいか?」と問われた子供は、ほとんど例外なく、どんな職業に就くかを答えるだろう。

しかし、そういった価値観は、しだいに緩(ゆる)んできている。どんな仕事をしていても、人間に優劣をつけるのは間違っている、と法律に定められ、そんな偏見を持たないように教育されている。仕事は、生活をするための手段として存在しているだけで、それが生きる目的になる必要はない(もちろん、個人の自由であり、生きる目的にしても良い)。

人は、金を稼ぐために働いているのである。それを、生きることと仕事をすることを同列に考えようと無理をするから、「自分のやりたい仕事ができない」「仕事場が楽しくない」という悩みが大きくなる。仕事に、ライフスタイルを求めすぎている、という錯誤である。

既に書いたが、集中型の思考は、映画『モダン・タイムス』のような大量生産の工場で働く労働者に求められる素養だった。しかし、集中するような作業の多くは、今やコンピュータが担ってくれる。その割合はどんどん増加している。人間の仕事としては、より発散型の思考へシフトし、ときどき発想し、全然関係ないものに着想し、試したり、やり直してみたりすること、あるいは、より多数の視点からの目配りができることなどの能力が、これからは求められるようになるだろう。

これらのシフトは、仕事以外、つまり個人の生活でも、まったく同じ状況といえる。

大量生産の時代には、個人のライフスタイルも画一化されていた。みんなが同じように週末に出かけ、同じ場所で大量消費をした。そんなスタイルが、経済的に合理だったからだが、平和が続き、社会は成熟し、必然的にライフスタイルも多様化している。多様化が許されるだけ豊かになったということだ。

たとえば、かつては、個人の趣味というのは、せいぜい一つに絞られる傾向にあった。これが好きだというものがあれば、ほかは我慢する。多趣味は贅沢なことだ、と考えられてきた。また、「一所懸命」という言葉があるように、日本には古来、一つのことに打ち込めば大成する、という考えがあり、なにか一つのことに打ち込む姿が潔く、格好良く見えたものだ。少しまえのことだが、「シンプルライフ」といった流行語もあった。

これも、最近では崩れつつある。あれも好きだし、これも好き。経済的に、あるいは時間的に許す範囲ならば、べつに複数のことを楽しんでも良い、という認識に変わりつつあるし、それにともなって、ライフスタイルも多様化し、明らかに複雑化している。

かつては、一家にテレビは一台だった。背広も一着、時計も一つ、という時代もあった。集中することは合理的ではあるけれど、それが人間の本来の傾向とは言いがたい。人はもっと浮気性である。実際の浮気は、まだ市民権を得たとはいえないけれど、かつてに比べれば、普通になった。離婚も増えている。それ以前に、結婚しない人も増えている。いろいろな生き方があって、他者に迷惑がかからない範囲ならば、自分の好きなように生きる、という自由さを、現代人は手に入れようとしているのだ。

しかし、この自由な時代にあっても、古くからの固定観念が個人の思考を縛っている。理由もなく、なんとなく、こうでなければならない、それから外れることは悪いことだ、という観念が未だ数多く存在している。

はっきり言って、不自由なことだ。

考え方を少し変えるだけで、目の前が開け、明るくなったように感じることがある。あなたを縛っているのは、あなたの固定観念なのだ、という場合がとても多い。是非、少し我が身を振り返って、自分の頭で考えていただきたい。なにしろ、損をしているのは、あなた自身なのである。

では、第2章に引き続き、編集者のインタビューに答えよう。

何故、くよくよ悩むのか

Q『悩みや感情とのつき合い方について、お伺いします。森先生は、これまでの人生でくよくよ悩んで、頭から離れない、なにかに集中できない、というご経験はありませんでしたか？』


森『そうですね、自分以外の人間になった経験がないし、あまり深刻な話を他人としたこともないので、よくわかりませんが、まあ、くよくよと悩んだことは、たぶんないといえると思います。そういう事態になるのが嫌だから、事前に策を練るし、そういった事態になりそうならば、そうならないように早めに手を打ちます。

逆に、僕から見ると、世の中の人たちは本当に楽観的で、きっと大丈夫だ、自分には災いは降りかからない、と考えているように観察されます。人のことまで心配するつもりはありませんけれど。もしもこんな事態になったら、万が一こんなことが起こったら、と考えるのは、工学の基本的な姿勢ともいえます。つまり、リスクを常に評価して、それなりの対策を考えておくのです。ですから、いざそういった事態になっても、慌てることはなくて、事前に想定していた手を打ちます。

世の中、そうそう突発的な事態というのは起こりません。人はいつかは死ぬものだし、人工物だっていずれは壊れます。可能性があることは、すべて想定しなければなりません。また、人間関係においても、相手に過剰に期待するから、「裏切られた」とか「信じられない」といった危機に陥るわけで、最初から、そこまで信頼せず、人はみんな考え方は違うし、完全に理解し合うことなど不可能だと考えて接していれば、そんなに酷いことにもなりません。

まあ、僕がたまたま幸運だったのかもしれませんけれど、僕の周辺では、これは困った、どうにもならない、という大問題が起きなかったといえますし、もの凄く悩んだこともありません。悩むのは、問題が発生するずっと以前ですね。どちらのリスクを許容するか、といった判断のときです。

ですから、悩んでいる人には、はっきりいってアドバイスができません。そういう人の悩みの原因は、何年もまえにあるものなのです。したがって、今から手を打っても、問題が解消されるのには、また長い時間がかかる場合がほとんどです。

畑に種を蒔かず、秋になって自分の畑にだけ実りがないと悩んでいる人がいたとき、どんなアドバイスができますか？　来年のために種を蒔きなさい、と言うことは簡単ですが、その人の現状を解決することにはなりませんよね。
もちろん、そこに教訓はあるわけで、それを学ぼうというアドバイスはできるし、一時だけ、なんらかの援助をすることも可能です。けれど、根本的な解決ではないことは明らかです』

コンプレックスとどう向き合うか

Q『問題になることがわかっていてもなかなか手が打てない、という場合があります。たとえば、コンプレックスがあって、そのことが行動の妨げになってしまうとか……。どのように処理すべきでしょうか？』

森『コンプレックスというのは、誰もが持っているもので、裏を返せば、人間がそれぞれ違っていることの証です。コンプレックスがないという人は、単に馬鹿なのでしょう。他者との違いを認め、自分が劣っているところを把握しているのは、とても大事なことです。そのことで、行動が制限されるなんて、当たり前のことであって、なんの問題でもない。制限されなかったら、異常です。

問題は、そのコンプレクスをカバーする方法を、自分で築くことではないでしょうか。時間をかけても良いし、人よりも少なくても良い。コンプレクスがあるならば、成果まで人並みにしようとせず、自分の目標を持つことです。

誰もが、自分から抜け出すことはできません。他者に乗り換えるわけにはいかないのです。洋服は着替えることができるし、靴も履き替えることができますが、一旦家を出てしまったら、やはりそのまま行くしかない。その靴で歩き続けるしかありません。この服装では、ここはちょっと恥ずかしいという場合もあるし、この靴だから、この道は歩けない、ということもあると思います。つまり、コンプレクスで行動が制限されるのと同じです。人は、現在の自分ができる範囲で、自分の好きな道を選ぶしかないのです。

そんな話をしたら、地球から出ることはできませんし、時代を選ぶこともできません。地球で可能なことをするしかないし、この時代に許されることしかできません。また、人間に生まれたら、一生人間です。空を飛ぶことはできないし、水に潜ったままでもいられません。人間はコンプレクスを克服するために、数々の科学技術を考えたわけですから、まんざらコンプレクスが悪いともいえないでしょう。

多くのコンプレクスは、人と自分を比較する知性によるものですが、ごく限られた範囲の他者が社会の全体だと誤認することも多いように思います。何故、あの人と比べるのか、ということです。比較対象を勝手に決めているのではないでしょうか。

あの人のようになりたい、という憧れは、幼い子や若い人には自然なことですが、生まれたときから、既に違う道を歩いている現実に、そのうち気づきます。他者の道を歩くことはできないということです。

結局、自分の道を自分の足で歩くしかない。そう認識するだけで、大部分の問題が解決するのではないでしょうか』

プライドはどうか？

Q『では、優越感というものはどうでしょう。プライドなどは、持った方が良いでしょうか？　自分は人よりもここが優れているのだ、という認識です。そういったものが、人間には必要でしょうか？』

森『さあ、どうでしょうね。プライドというのは、単なる演技というか、人との関係において、そう見せた方が良いとの判断で装っている場合が多いと感じます。優越感というのも、他者を観察して想像することはあるかもしれませんが、当事者はさほど意識していないのではないかな、というのが僕の認識です。

コンプレクスと同様に、自分が得意なことは、ないよりはあった方が良いし、知らないよりは知っている方が有利ですね。でも、そういうものも、客観的に評価していることが前提であって、ただ言葉で「自信を持て」というような思い込みをする必要などまったくありません。そんな自信は、結果的に過信になって、マイナスだと思います。

さきほどのコンプレクスで、僕が自分で抱いているのは、不器用で、せっかちだということです。それで、失敗ばかりするのです。あと、疲れやすいとか、飽きっぽいとか、体力がなくて人並みに頑張ることができません。

だからこそ、自分なりのやり方を考えて、こつこつと進めるようにしたわけです。さきのことを見越して心配し、手を打っておくのも、いざとなったときに間違った手を打ちそうなおっちょこちょいだからですし、窮地に陥っても頑張れないから、陥らないようにするしかないわけです。

なにごとに対しても、僕は自信がありません。自分は絶対に失敗する、なにをやっても上手くいかない、と悲観的に考えている人間です。だから、できるだけ失敗のない方法を選んで、おそるおそるやってみるしかない。そういう人生でした。

スポーツなんかを見ていると、監督は、「自信を持て」と言っていますね。「自分たちのサッカーをすれば必ず勝てる」とか。でも、負けるじゃないですか。プライドとか自信が成功に結びつく確率は、せいぜい五十パーセントでしょうね。つまり、持っていても持っていなくても、どちらでも同じ、というのが科学的な答では？』

効率化を図るには？

Q『興味のないこと、たとえば、事務作業など、つまらないものがあると思うのですが、そういったものはどのように処理すべきですか？』

森『僕の場合、事務作業をほとんどしない職場でしたから、たまにそういった単純作業をすると、楽しくてハイになりましたよ。単純作業って、やり始めよりも慣れてくると処理がだんだん速くなって最適化されますよね、それが面白いし。

単純作業が楽しいと感じられる一番の理由は、終わりが見えているからです。あそこまでやれば終わるというゴールが設定されているのです。研究には、このゴールがありません。いつまでやれば終わるのか、いつまで経っても見えてきません。そういった仕事ばかりしていると、とりあえず終わりがある、というだけで嬉しい。現に終わると、達成感がありますね。それが満喫できるだけでも目新しい。

ただ、ずっとそんな単純作業ばかり続ければ、たしかに嫌になるでしょう。それは、同じゴールがまた設定されるようなものです。それに、もうさほど最適化もない、まったく同じルーチンになる。多くの仕事は、こういったものだと思います。これは、もう、もらえる賃金を想像して、そのお金で自分が何をするのかを想像するしか目新しいゴールはありません。

でも、そこまで延々と同じことが続く単純作業もそれほど多くはないと思います。なにかの切っ掛けで、もっと別のやり方があると思いつくかもしれないし、それで作業が変わることもあるでしょう。もちろん、思いつかなくても、職場が変われば、目新しくなります。

でも、多くの人たちは、案外、同じ仕事をずっと続けたいようです。ようやく慣れてきたとか、せっかく覚えたのに、という声をよく聞きます。これは、自分が「機械化」しているわけで、賃金のための労働と割り切った場合には、自然の発想かもしれません。悪いとはいえません。興味などなくても、人は仕事ができるということです』

Q『スピードを上げて、効率化を図るコツはありませんか?』

森『それは、常に考えます。できるかぎり仕事の時間を減らそうと、いつも頭を捻っています。その成果もあって、今は一日一時間以内になったということです。

もし、仕事が楽しいならば、そんな効率化は不要でしょう。楽しんで仕事をすれば良いのです。楽しい時間を短くする必要はない。そういう人もいると思います。僕も研究者になって最初の頃は、仕事が面白く、効率なんてさらさら考えませんでした。研究は、そもそも生産的な作業ではないので、効率というのはナンセンスですし。

今の僕は、楽しみは仕事以外のことにあるので、仕事の時間を極力減らせば、その分、自分の好きなことに時間を使えるわけです。これは、金を稼ぐのと同じくらい重要なことですから、真剣に考え、着実に実行してきました。

効率化というのは、与えられた仕事だったら、時間当たりの生産量を増やすこととほぼ等しいわけです。あるいは、生産しない作業だったら、成果とか結果が同じで、それに要する時間を減らすことです。しかし、時間給で雇われている人には、これは無意味です。時間を減らしたら、賃金が下がるだけですから。

また、与えられた仕事ではない、自分がマネージメントもする、つまり自営であれば、生産されたものの価値を高めることが、効率化に等しくなります。小説であれば、同じ時間で執筆しても、それが面白くて人気が出て、沢山売れるような商品になれば、時間当たりの生産量が増したことになりますね。

もっとも、小説は、商品と割り切れない部分があって、良いものが必ず売れるというわけではありません。たまたまドラマ化されてブームになるとか、そういった外的要因に大きく影響されます。その辺りは、もっと大きなスパンで、平均的に評価をしなければならないでしょう。自分の仕事のうちどこまでを自分がコントロールできるか、ということです。どんな仕事でも、多かれ少なかれ、「時の運」のような要素があるはずです。それを確実に引き込む手法はありませんが、狙うことはある程度可能です。それも、効率化の一つの手法といえます。少なくともギャンブルよりは、期待値が高いと思います』

ネットとのつき合い方

Q『SNSやネットとのつき合い方はどうでしょうか？　返事をしないといけないという強迫観念など、LINE疲れについては、森先生は無縁ですか？』

森『無縁です。仕事の効率を下げるだけですからね。僕は、作家デビューした当時は、誰よりもネットを活用していたと思います。そういう人はごく少数派でしたが、一九九六年からブログを公開し、ファンからのメールにはすべてリプラィしました。そうすることが、ビジネス的に有効だと考えたからです。また、無料で公開したブログを、そのまま出版して書籍にしましたが、それが、全部で二十三冊もの本になっています。庭園鉄道のブログも五冊の書籍になりましたので、合計すると二十八冊です。ブログ本としては、草分けだったはずです。ファン倶楽部もネット上に誕生し、今では会員数が一万六千人になりました。これも、作家としては珍しいと思います。

しかし、二〇〇八年で、ファンのメールに答えるサービスを終了し、その後は、Twitterも Facebookもやっていません。例外的に、ファン倶楽部会員限定のブログは毎日アップしていますし、また、庭園鉄道のブログもずっと続けていますが、これらは、アフタ・サービスという位置づけです。もう印刷書籍として出す時代ではない、と判断していますし、あまりにも沢山の人がブログを公開するようになったので、もう自分はいいや、という気持ちもあります。

かつては、かなり際どいことも好き勝手に発言ができて、読み手も笑ってくれたと思いますが、今はたちまち炎上してしまいます。そういった社会の兆候を感じたのが十年くらいまえでしょうか。だから、そろそろ引っ込んだ方が良さそうだ、と判断しました。

一般の方は、有名人のブログやTwitterを見て、自分もあんなふうにみんなの注目を集めたいと考えるのかもしれません。ときどき、「注目されたい」が度を越してしまい、逆に酷い目に遭う結果になる人が出ますね。

そもそも、僕は有名になりたくて小説家になったわけではありません。有名になれば、作品が多く読まれ、ビジネスとして効率が上がることはありがたいのですが、僕個人は、「有名」が嫌いな人間で、できるかぎり静かに潜んでいたい方なのです。こんな人間が作家になったのが間違いだったかもしれませんが。

自分の好きなことをするためには資金が必要で、そのために小説家になっただけです。したがって、ある程度名が売れたあとは、もうネットを利用した売名行為は不要になりました。

それから、僕は、根が正直者で、本心をいつも言葉にします。飾った誤魔化しが嫌いです。だから、一度も、「僕の本を買って下さい」と言ったことはありません。「読みたい人が買えば良い」というのが僕の基本姿勢です。こういうのも、綺麗な言葉で飾られた今の社会では炎上するでしょうね。だから、やめた方が賢明です。

一般に言われている「ネット疲れ」というのは、結局は、飾った自分、気に入られたい自分を装うのに疲れるわけです。友達に悪く思われたくない、みんなに認められたい、となるから、スマホから離れられないのです。

僕にしてみれば、どうしてそんな嫌なことを自分からするのかな、というだけです。疲れるならやめれば良いではないですか。友達に悪く思われても、みんなに認められなくても、べつに支障はないし、自由に生きていけるのではありませんか？　そういった孤高の生き方は必ずあります。もしネットが疲れるならば、ですよ。こうして言いきってしまうと、また「誰某が傷つくのを考えたことはないのか」とお叱りを受けるわけですね。ですから、このくらいにしておきましょう。皆さん、自分が好きなように生きればよろしいと思います』

人生をかけたテーマ

Q『人生をかけて、大きなテーマに挑み続けるモチベーションは、どのように湧いてくるのですか?』


森『人生をかけたテーマというのは、そもそも自分がそれだけ時間をかけてでも到達したいゴールなのですから、モチベーションなど作る必要もなく、そのモチベーションによって始まり、気がついたら続けているわけです。もし、モチベーションがなくなれば、そのときはやめれば良い。モチベーションを作る必要なんてありません。

だいたい、自分がしたいことだったら、たまたまやる気がない時期があったとして、しばらく離れていても、そのうちに絶対に我慢ができなくなって、やってしまうはずです。

僕自身は、そういったものが一つである必要もないし、どんどん変化して、つまりゴールが変わっていっても良いと考えています。最初は見えなかったものが、やっていうちに視界が開けて、遠くまで、しかも広く見えてくるものです。テーマは変わってくる。やりたいことも変わってくる。それで良いと思います。

楽しいのは、打ち込んでいる時間です。自分のやりたいことを一人で進めているという充実感です。僕の場合、他者と一緒にというものはありません。必ず自分一人でやることが好きです。誰にも知られない、というものほど醍醐味があって、森の中で土を掘っているときなどに、今ここには自分一人しかいないし、これをやる価値を知っているのも自分だけだ、と感じるわけです。この孤独感が、一番楽しい。

ですから、トータルのモチベーションは、なにも心配する必要はありません。必ずあるものだし、なかったらやめるだけです。やらないと恥ずかしい、といったプレッシャを感じるのは、誰かの目を気にしていて、その人のためのモチベーションだからでしょう。

問題は、その日その日の、短い時間スパンのモチベーションです。今日じゃなくて明日やれば良い、という怠け心との戦いです。これは、もうモチベーションどうこうではなく、監督者の自分がしっかりと監視、管理をして、自分を叱咤激励して、働かせることしか方法はないと思います。

やる気の問題にしない。やる気なんかどうだって良いから、今日、これだけやろう、ということです。やり始めれば、案外楽しくなるものです。そして、それを続けているうちに、自分が成した仕事量に感動する日が来ます。これも醍醐味です。誰かに認めてもらわなくても、自分が自分を認められるようになります』

Q『森先生の場合、行動に移せないとき「感情のせいにする」ということはないのですね？』

森『感情のせいにするというのは、ちょっと意味がわかりませんが、やる気というのは、感情ですか？　喜怒哀楽ではありませんよね。モチベーションとかやる気よりも大事なのは、体調でしょう。体調は自分を観察して、できるだけ整える必要があります。これは個人個人でさまざまなので、一般論はないと思います。

ただ、僕は、体調が悪いときは仕事をします。若いときからそうでした。仕事は、空調の完備した部屋で椅子に座って、モニタを見て、キーボードを打つだけ。つまり、体力があまりいらない職種だったので、仕事が一番安静だったのです。それに比べて、趣味の楽しみは、早起きして遠くへ模型飛行機を飛ばしにいくとか、あるいは外で工作や工事をするというようなものですから、完全に肉体労働です。だから、体調が悪いとできません。

やる気が感情だとは、あまり感じません。やる気というのは、この苦労をすれば、将来きっと楽になる、きっと良いことがある、という推測に基づいた計算です。ようするに理屈というか、論理なのです。

本能的な欲求で仕事をする人は、かなり珍しいのではないでしょうか。そういった仕事も一部にあるのかもしれませんが、だいたいの仕事は本能に逆らったものですから、これにやる気を出させるのは理性のはずです。

その意味でも、やはり、できるだけ自分の将来を想像して、自分がどうなりたいのかというビジョンを持つことが、結局はやる気につながるのではないでしょうか。ビジョンは、願望であったとしても、頭で考えたものですから、感情ではないと思います。

とにかく大事なことは、やる気ではなく、やるかやらないかなのです。そして、やるためにに必要なものは、計画です。計画を立てたら、あとは、監督の自分に叱られつつであっても、嫌々であっても、それをするしかない。この段階に至れば、あとは本当に実行あるのみで、あまり考えなくても良く、悩むことも少なくなりますから、楽なルーチンになるはずです。

さきほど、単純作業は終わりがあるから楽しいと言いましたが、それと同じで、短いスパンの単純作業に落とし込むこと、それが計画です。設計図を描くことが大変ですが、設計図さえあれば、あと必要なのは時間だけなのです。時間は、誰にでもありま す。買ったり借りたりはできないので、自分の時間で可能な計画を立てることが重要です』

第7章
思考がすなわち人間である

「集中」は人間を排除する

個人とは何か、と考えたときに、皆さんは何を思い浮かべるだろうか。

これだけ沢山の人間がいるのに、一人として同じ人はいない。似ている人はいるかもしれないけれど、見分けがつかないほど似ていることも滅多にない。

人は、自然の一部であって、常に変化している。子供ならば成長するし、大人になれば老化する。比較的短い時間で観察しても、新陳代謝を繰り返しているわけだから、同じ細胞が長く存在するわけではない。脳細胞も入れ替わっているから、来月の頭は、今の頭と同じものではない。

それなのに、「個人」というものが連続して存在するように観察されるのは、実に不思議なことではないだろうか。その人がその人であることは、「人格」や「個性」といった言葉で総称され、認識されているが、それらはもちろん変化をするはずだ。新しい知見を得て、思考回路も複雑さを増していく。若いときであれば、一年まえには思いもしなかったことを考えている、といった体験はごく普通のこと。ただ、それでも、その変化する「個性」が連続して認識される点が、驚異的といわざるをえない。

　肉体的な個性を除くと、見ただけではわからない「個性」が残る。むしろ、こちらが「人となり」として重要視される場合が多い。「人となり」という日本語が示しているように、個性がすなわち、その人体を「人にしている」のである。

　思考するのが人間であり、思考しているから自分が存在する。逆にいえば、考えないほど人間から遠ざかり、機械に近づく、ということになるかもしれない。

　人間の肉体が行ってきた作業のほとんどは、今や人間ではないものに任せることが可能になった。自動車の自動運転が昨今話題になっているが、目で見たものを頭で処理して、危険を避け、目的地まで運転をする。これは、かつてはかなり高度な処理だと考えられていたものだが、コンピュータによって可能になった。機械に任せれば、少なくとも人為的なミスはなくなる。うっかり余所見をしたり、体調が悪くてぼんやりしてしまうのが人間であるが、機械にはそれはない。もし、プログラム的なミスで事故が起こったとしても、原因を究明すれば、プログラムを書き換えることで再発を防ぐことができるので、事故が起こるごとに安全性は高まり、どんどん完璧なものに近づくだろう。ただ、この場合も「絶対に安全」とはならないが。

自動車の運転には、頭脳の判断が不可欠だったはずだ。しかし、それは「思考」ではない。単なる「処理」であり、つまりは「反応」だったのだ。むしろ、運転しながら別のことをあれこれ考える方が「思考」であって、これは車の運転には一つの「障害」だった。そういった無駄な思考をせず、運転に「集中」しなさい、というのがこれまでの安全教育だったのだ。

この一つの例が示すように、「集中」とは、「思考」を排除するものでもあり、さらには、「人間」を排除するものでもある。事実、近い将来、自動車の運転から人間は閉め出されるかもしれない。運転をしたい人は、サーキットで、あるいはVR（バーチャル・リアリティ）で、と指導されるだろう。

既に書いたが、現在の大衆の多くは、ただ「処理」をし「反応」する機械になっていないだろうか。ネット上でのつき合いも、そのうち自動化されるかもしれない。つまり、こんな場合は「いいね」を返すという処理は、アプリに覚え込ませることが可能だ。自分が好きなものは、過去のデータからだいたい分析できる。友達へのリプライも、アプリに任せられる。むしろ、アプリの方がぶれないあなたの個性を演じられるだろう。そこまで完璧にいかないまでも、処理ができないものだけを知らせてくれれば良い、という仕様ならば簡単に実現するだろう。

そもそも、「つながり」とか「絆」と呼ばれているものは、たちまち形骸化し、単なる「手続き」になっているのだから、発する方も受ける方も、アプリで済ませられるはずだ。そんな自動信号のやり取りだけが行われるのは、すぐさきの未来である。否、既に今、大部分がそうなっていると見ることさえできる。

人間不要の時代

現代の社会では、個性が埋没している。「人間」そのものが個人の中で割合として低下している。個人の中で、考えない時間が長くなっている分、「人間割合」が減少している。すなわち、一人が、〇・五人になっているようなものだ。人口減少よりもずっと速いペースで、人間が減っていると見ることができるだろう。

考えてみてほしい。電車に大勢が詰め込まれ、仕事のために移動している。誰もがスマホを見て、情報を得た気分になり、それぞれのリンクを確かめるためにクリックする。言われたことを処理するためにデスクに座り、モニタに映るデータをコピィ・ペーストし、転送し、決まったフォーマットで返す。

休日には、休日に相応しい決まった儀式が待っている。自由に好きなことをしているようで、マスコミの煽動に流され、指定の場所に大勢が集合する。予告されたとおりのものがそこにあって、それを写真に撮る。何をしたのかといえば、ただ「確認」しただけだ。確認したことを周囲に報告する。「いいね」がもらえれば、それで一日は気分が良い。

平和な社会だから、こんなことができる、という話をしているのではない。どこに「個性」が見つけられるのか、「自分」は何者なのか、という問題である。

きっと、「面倒くさい」と言われるだろう。そう、人間は本来面倒くさい生き物だったはずである。話が通じず、我が侭で、好き勝手にする。子供を見ていれば、少しは思い出せるはずだ。子供は面倒なものだが、人間らしい。

人間社会は、自然を排除してきた。その象徴ともいえるのが「都会」である。自然は不確定で面倒なものだから、できるだけ「人工」のもので埋め尽くし、安定で安心な環境を作ったのだ。都会では、電車が少し遅れるだけで大騒動になる。「なんで、こんなときに自殺なんかするんだ」といらいらしながら、長い行列に並ぶのである。

自然を排除していけば、最後は、人間という自然が残るだろう。人間の肉体と頭脳は、どうしようもなく自然なのである。いつ不調になるかも知れず、原因のわからない変調も多い。予測のつかない事態に陥る切っ掛けは、全部この「人間」のせいなのだ。

IT化でも、この最後に残った「人間」が取り除かれつつある。人間は、「人間」が嫌いなのだ。効率を高め、安全で安心な環境を実現するためには、「人間」が不要なのである。

これは、認めざるをえない。僕は、「人間性」への回帰を叫ぶほどロマンチストではない。そんなふうにみんなで一緒になって人間性回帰の運動をするなんて、そもそも個性というものを理解していない証拠だと感じて反発したくなる人間である。

身も蓋もないことを言えば、大部分は機械になれば良い、と思っているくらいだ。人口も減った方が良い、と考えている。世界の人口が、今の三分の一くらいになったら、環境問題は劇的に解決するし、食料やエネルギィを巡る争いも避けられるだろう。つい百年ほどまえの人口はそれくらいだった。現在の科学技術をフルに活かし、少ない人間が文明と文化を維持していくのが理想だと思う。少なくとも、物理的に地球上では、これ以上の「発展」はありえないからである。

自分を縛っているのは自分

少々大袈裟な話になったけれど、大勢の人間が、人間的でなくなっていることは、たぶん各自も薄々気づいているだろう。「どうして、こんな苦労をするために生きているのか」とか、「毎日毎日、同じことの繰り返しだ」とか、あるいは、「なんか、一日ぼうっとしていたいな」などの感想、願望が漏れ聞こえてこないだろうか。周囲のことを言っているのではなく、あなたの内から、そんな声が溜息と一緒に出てこないか……。「でも、どうしようもない」「もう、この歳になったら遅い」という諦めの溜息も同時に出ているかもしれない。

周囲の環境を変えるには、もちろん大きなエネルギィが必要で、一人の人間には容易に実現できない。それが充分にわかっているから、諦めの言葉になる。

しかし、あなたは、あなたの人生を生きる以外にない。これはまちがいのないことだ。それに、あなたに残された時間は、何百年もあるわけではない。誰でも、残りの時間くらい、だいたいでも知っているはずだ。

自分のことなら、少なくとも自分の思いどおりにできるのではないだろうか。もし、それができないと考えるなら、あなたを縛っているものは何だろう。誰かがあなたを支配しているのだろうか。どうして、その支配を断ち切れないのか。

多くの場合、支配されていると自分で思い込んでいるのである。すなわち、自分を縛っているのは、自分なのだ。考えていない期間が長く続くと、自分を保持するシステムが自動的に築かれ、そのシステムに支配される。変えられるはずがない、と思い込むことで、安定したつもりになっているのである。

若い人は、あとまだ半世紀以上も時間があるわけだから、自分を変えることができるかもしれない。当然、成長するから、未来を広い範囲で捉えることができるだろう。これは、年寄りならば絶対にそう思っていることだ。なにかにつけて、「若いんだから」

と言いたがる。

若くない人も、時間はそれなりにある。数年しかなくても、自分を変えることはできる。凝り固まるのは、死んでからでも遅くない。

そうは言っても、なにも大きなリスクを抱えてチャレンジしろと言っているのではない。早まってはいけない。それこそ集中思考の悪い癖だ。

まずは、リラックスして、考え方を柔軟にしていく。ものの見方から改める。もし、行動に移すのならば、毎日コンスタントに、少しずつ進める。これも、分散型の鉄則である。一つに絞らず、なんでも、いくつでも始めれば良い。達成することだけが目標ではない。

習慣を変える

もっと簡単に言うと、まず変えるべきものは「習慣」だろうと思う。こつこつと、少しずついろいろやることを「習慣」にする、という意味だ。そうすることで、考える習慣ができる。周囲を気にする時間、周囲とのつながりを確認する時間は、今の半分にして、その分を「考える」そして「作る」ために使うことである。こうした習慣こそが、さらに分散思考の頭を少しずつ耕してくれるだろう。

想像だが、考えないで、処理と反応ばかりしている人間は、ときどき考えなければならない事態になったとき、まず自分というものに拘るはずである。考えようと集中する先には、自分しかない。自分の立場、自分の願望、自分の生活、自分の都合、といったものが思考の中心にある。それが「考える」ことだと勘違いしているかもしれない。

普段から考えていれば、それ以外に沢山の考える対象があることを、嫌というほど理解しているはずだが、考えない人はそこまで考えが及ばない。

処理をする、反応をする、その繰り返しだから、自分の処理や反応を妨げるものを、まずは憎らしく感じてしまう。考えていないと、こういった具合に感情が先走ることになりがちだ。好きか、嫌いか、と単純な処理をして、反応しようとするから、たまに考えたときにも、多分に感情的になる。自分の感情に支配されているので、思考が自由に働かない。

沢山の視点を持っていること、その視点を次々と切り替えられること、それが分散思考の頭であり、こういった分散観察が、客観的な思考を導く。これは、自分の立場を棚に上げることでもある。

自分の都合はこうだ、自分の願望はこうだ、しかし、客観的に判断すれば、それは必ずしも正しくない、合理的とはいえない。そんなふうに考えられるようになれば、あなたの意見は説得力を増す。こういった意見をぶつけ合うことが本当の議論である。

多くの場合、まず自分の都合がある。それを通すために理屈を作り、これで議論をしようとする。日本人が議論が下手だという所以（ゆえん）である。客観的な理屈を持っていなければ、相手を説得することは難しい。「君の願望を言われても」という話になるだけだ。

自己主張というのは、自分の意見を述べることだ。自分の願望を述べることではない。何が正しいと考えるか、というのが意見である。どうなってほしいのかではない。

たとえば、対立する意見を戦わせるとき、試しに、意見を交換して、相手の主張を引き受け、自分の主張を相手にしてもらう。そういったことで議論の訓練を積む。実際に各国の教育で取り入れられているやり方だが、はたして、日本人にこれができるだろうか？

思考こそが人格である

自分の願望と一致しない意見には、そもそも賛同できない、という方が多いだろう。しかし、実社会には、弁護士のように、それが仕事の人もいる。弁護士でなくても、相手がどんな議論を仕掛けてくるのかを予測して、あらゆる交渉は行われる。客観的な思考ができなければ、そういったビジネスで不利になるだろう。

議論をしているときに感じるのは、こちらがある理屈を持ち出したとき、とにかく否定する人と、「なるほど、その点は一理ある」と認める人がいることである。反対の立場にあっても、部分的には正しい理屈が必ずあって、そこを認めるか認めないかが、その人物の頭脳の明晰さを測る指標となる。きちんと言葉を解釈し、考えている人ならば、相手の正しい部分を認める余裕がある。そんな人は、たとえ意見は違っていても、話のわかる人間だと評価される。

国会で与党と野党がやり合っているときも、とにかくなんでもかんでも反対だ、と主張している人たちは、しだいに人気を失うだろう。国民は、そこを見ている。正しい部分がどこで、そこは認めるが、ここは間違っているのではないかと指摘する、そういった明晰さがなければ、政権を取っても、たちまち破綻することになる。

単純な人間は、大きな声、強い意見、わかりやすいもの、自分にとって利益があるものに靡くけれど、賢い人間ならば、少なくとも何が正しいのかを考えるくらいの複雑さは持っている。なんだかんだといって、これだけ長く平和な社会を持続させてきた日本人は、単純なリーダではなく、考えるリーダを選んできたということだろう。

信頼できる人とは、意見を曲げない人ではない。その場その場で、できる手を打つ人である。現実の手は、けっして理想の手ではない。大勢がいれば、理想はその数だけ存在し、誰かが得をすれば誰かが損をする。それをまとめることが政治であり、リーダの役目なのだ。

ようするに、人間は、「思考」を人格だと知っていて、考え方が優れている人を、優れた人であると認識しやすい。人が他者を尊敬するときには、その人の言葉だけではない、考え方が立派だと感じるからである。考え方は、なかなか表には出てこないが、沢山の場面で、その人の発言や行動から総合して感じられるものなのだろう。

優れた人格は、できるだけ沢山の人の人格を尊重しようとする。そのために必要なのは、集中することではなく、分散し、発散する視点によって、優しく周囲から包み込むように考えることなのである。

あとがき

教育熱心だった母

僕の母は、とても教育熱心な人だったから、だいたい参考書とか問題集を買ってくるのは母だった。たとえば、おもちゃは買ってくれなかったけれど、工具はいくらでも高いものを買ってくれた。欲しいものがあったら、自分で作りなさい、という教えだったようである。僕が工作を好きになったのは、このような環境があったからだ。

問題は父の方である。父は建築家だったが、自分で工作をするような人ではなかった。だいたい、いつも本を読んでいるか、TVを見ている。滅多に話しかけてこない。しかし、ときどきだが、言われたことがある。それは、「あまり一所懸命になるな」というものだった。

どうやら、それが彼の信条だったみたいだ。だから、のんびりしているように見えたのかもしれない。実のところは、気が短く、すぐに熱くなる人だったのだろう。だから、自分にもその言葉をかけて自重していたのではないか、と思う。

母は、「一所懸命勉強して一番になりなさい」と言うが、父はそのあとで、こっそり、「一番なんかになるもんじゃない」と言うのだ。「いつも、八分の力でいれば良い」と。ようするに、「頑張るな」という教えだ。

子供の僕にとっては、父の教えの方が都合が良い。怠けられるし、悪い成績でも叱られない。事実、父は一度も成績のことは言わなかった（これについては、母も言ったことはない。母は、一所懸命だったら結果は関係ない、という意見だったようだ）。

父の「頑張るな」の教えは、おそらくは「常に余裕を持て」ということだと解釈できる。ぎりぎりではなく余力を持って臨めば、いざというときに苦しくならずにすむ、ということだろう。

だが、世間で多数派なのは、やはり僕の母のような親ではないだろうか。たいてい、子供には、「頑張りなさい」「力を出し切りなさい」と指導するものだ。

子供にとって、自分が頑張るとか、力を出し切るとかが、いったいどんな状態なのかはわからない。なにしろ、自分の力を自分でも正しく認識していない。どこまでやれば良いのか判然としない。一所懸命やったつもりなのに、まだ「もっと一所懸命やれ」と言われてしまうから、今までのは一所懸命ではなかったのか、という話になる。

一所懸命が大人に認めてもらえない、と感じる子供は、きっと沢山いるだろう。だから、一所懸命の振りをした方が賢明で、そういった一所懸命の振りをする子供も多いのではないかと思う。自分で自分にヤラセをするようなものだ。

子供だけの話ではない。社会人になった大人でも、おそらく多くの場面で、一所懸命の振りをしているはずだ。そんな振りをしているうちに、本当に自分はこれがぎりぎりだと信じてしまう人もいる。もう自分ではいっぱいいっぱいで、余裕などない。振りをするのだって楽ではないのだ。

一方、「頑張らない」という生き方は、一所懸命の振りをするのに比べて気楽である。この場合、人からどう思われても良い、という価値観がまず育つ。人には自分を低く見せている方が有利だ、馬鹿に見せておけば変に期待されずにいられる、という具合になる。また、逆に「いつも余裕があるように」装うかもしれない。

まず、頑張らないからストレスがないし、結果がどうであれ、あまり気にならない。何故なら、持てる力を出し切っていないのだから、「まあ、やっぱり失敗しちゃったかな」という程度のことなのだ。そして、自分はまだ本気を出していない、という自信みたいなものも密かに持つことができる。おっとりとしているようで、静かなプライドのようなものが形成され、さらに余裕のある人格を築くだろう。

すべてはどちらつかずである

どちらが良い、どちらが優れている、という話にはならない。何故なら、人それぞれの気質のようなものがあって、それに合うときと合わないときがあるはずだからだ。

このことは、本書でも、繰り返し述べてきた。ここに書いたことが、決定的な最善策ではない、ということ。ただ、少なくとも「集中しなさい」がすべてに成り立つわけではない、という反証にはなっていると思う。

どうも最近の社会を見ていると、すべてが画一的になっているように感じる。少しでも違ったことを発言すると、大勢から叩かれる。十年ほどまえからその傾向が目立ち始めたので、僕はネットから身を引いた。

そして、東北の大地震があった頃から、これがますます顕著になったように思う。当時は、もう一般向けに公開するブログもやめていたのだが、庭園鉄道のレポートを毎日アップしていたから、そこで僕は、「大変な被害があったようですが、日本の九割くらいは問題ありません」と書いた。これは、そのレポートを読んでいる人の多くが海外の方だったので、日本が全滅して大パニックになっているわけではない、ということを知らせたかったからだ。しかし、案の定、「被災された方のことを考えて下さい」というクレームがあった。

あのとき、日本人は例外なく東北に注目しなければならなかったのだろうか。みんなで一丸となって悲しまなければならなかったのだろうか。そこまで集中して、いったい何が生まれるだろう?

もちろん、各自ができる具体的なことはある（言いたくないが、僕はそれをした）。

しかし、多くは、ただ言葉だけで「頑張れ！」と声を上げるだけ、ただ楽しいことを自粛するだけではなかったか。「温かい言葉で元気をもらった」と語る人はいるけれど、言葉や元気で、命や生活が戻るわけでもない。

冷たい言い方ではあるけれど、最も大事なのは、同じような災害がまた来るということであり、そのときに、同じような被害を出さない方策を考え、実行することなのである。方策には、工夫も理解も必要だし、なによりもお金がかかる。そのためにはどうすれば良いか、という問題は、今も提示されたままであり、順番に解決されるのを待っている。

原発の事故があれば、「今すぐ原発をゼロにしろ」となる。津波が来たから、「高い堤防を作れ」となる。僕には、少なからず感情的というのか、ヒステリックになっているように感じられた。それだけを考えている集中思考なのだ。もちろん、僕は、原発を推進しろなんて思っていないし、高い堤防では景観が悪くなると言いたいわけでもない。そもそも、前の世代が考えて作られた原発と堤防である。悪いものを作ろうとしたわけではない。必要があったから作られた。当時得られるデータから考え、理由があって出来上がったものだ。冷静になり、より安全なものに作り替えていくのは当然だし、もしやめるのなら、それなりの方策を時間をかけて考える必要があるだろう、というだけである。

とにかく、頭に血を上らせず、ゆったりと構えて考える。議論をするときも、相手を尊重し、お互いの意見をよく理解する。良いものと悪いものがきっちりとわかれているわけではない。すべてが、どちらつかずであり、良いところも悪いところもある。一面だけを見ず、すぐに意見を固めない、という姿勢が大切である。

きっと、戦争をしてしまうのも、集中思考の結果だろう、と想像している。もうこれしか道はない、と頭に血を上らせてしまう。自殺するのだって、そうかもしれない。

本書は、結局は、あまりかっかせずに、ゆったりといきましょう、というメッセージといえるだろう。そうすることで、大勢に幸があるのでは、と期待している。

日本語のオノマトペには、言葉を繰り返すものが多い。分散の様は、「ばらばら」「ちりぢり」であり、これらを「こつこつ」「ちまちま」と続けて、「じわじわ」「だんだん」と進めていくのがよろしいと思う。

だらだらと書いてきたが、このだらだらさも、分散思考なのである。お許しいただければ幸いである。

著者略歴

森　博嗣（もり・ひろし）

1957年愛知県生まれ。

小説家。工学博士。

某国立大学の工学部助教授の傍ら1996年、『すべてがFになる』（講談社文庫）で第1回メフィスト賞を受賞し、衝撃デビュー。以後、犀川助教授・西之園萌絵のS&Mシリーズや瀬在丸紅子たちのVシリーズ、『φ（ファイ）は壊れたね』から始まるGシリーズ、『イナイ×イナイ』からのXシリーズがある。

ほかに『女王の百年密室』（幻冬舎文庫・新潮文庫）、映画化されて話題になった『スカイ・クロラ』（中公文庫）、『トーマの心臓 Lost heart for Thoma』（メディアファクトリー）などの小説のほか、『森博嗣のミステリィ工作室』（講談社文庫）、『森博嗣の半熟セミナ博士、質問があります！』（講談社）などのエッセィ、ささきすばる氏との絵本『悪戯王子と猫の物語』（講談社文庫）、庭園鉄道敷設レポート『ミニチュア庭園鉄道』1〜3（中公新書ラクレ）、『「やりがいのある仕事」という幻想』、『夢の叶え方を知っていますか？』(朝日新書)、『孤独の価値』(幻冬舎)、『人間はいろいろな問題についてどう考えていけば良いのか』(新潮社) など新書の著作も多数ある。

SB新書　429

集中力はいらない

2018年3月15日　初版第1刷発行

著　者　森 博嗣

発行者　小川 淳

発行所　SBクリエイティブ株式会社
〒106-0032　東京都港区六本木2-4-5
電話：03-5549-1201（営業部）

装　幀　長坂勇司（nagasaka design）
組　版　白石知美（システムタンク）
本文デザイン　荒井雅美（トモエキコウ）
編集担当　坂口惣一
印刷・製本　大日本印刷株式会社

ISBN 978-4-7973-8949-4